◆◈ 中国文学名家散文精选丛书

秋天的情意

姚远萍　著

江西高校出版社
JIANGXI UNIVERSITIES AND COLLEGES PRESS

南　昌

图书在版编目（CIP）数据

秋天的情意 / 姚远萍著 . -- 南昌 : 江西高校出版社 , 2025. 6. -- (中国文学名家散文精选丛书).
ISBN 978-7-5762-5625-3

Ⅰ . I267

中国国家版本馆 CIP 数据核字第 2024QX9668 号

责 任 编 辑　姜旭东
装 帧 设 计　夏梓郡

出 版 发 行　江西高校出版社
社　　　　址　江西省南昌市新建区工业二路 508 号
邮 政 编 码　330100
总 编 室 电 话　0791-88504319
销 售 电 话　0791-88505090
网　　　　址　www. juacp. com
印　　　　刷　鸿鹄（唐山）印务有限公司
经　　　　销　全国新华书店
开　　　　本　650 mm×920 mm　1/16
印　　　　张　13
字　　　　数　160 千字
版　　　　次　2025 年 6 月第 1 版
印　　　　次　2025 年 6 月第 1 次印刷
书　　　　号　ISBN 978-7-5762-5625-3
定　　　　价　58.00 元

赣版权登字 -07-2024-993

序：把岁月活成文字

把岁月活成文字，活在我的几本文集里。

1997年底，受绥阳第一届诗歌艺术节影响，暨我先生的引导与鼓励，我萌发了写点文字的念头。我想了好多事，也构思了好久，却不知道写什么好，时间拖着，信心却在一点点消失。当信心消失殆尽时，到了一年中灌香肠的时候。那天我买回肉来，晚上开始灌香肠了。先生一边帮着拴线，一边问我是哪年开始灌香肠的，我说母亲在土地下户两年多去世，她去世前的两年，我家杀了年猪，她就教我做香肠了，现在我又跟房东大嬢学了几招，做出来的香肠味道还不错。先生说，有了，你把大集体时杀不起年猪灌不了香肠，到土地承包后年年杀年猪灌香肠，到现在做的香肠味道越来越好，如实地记下来，写成一篇散文，不是很好吗。于是，我鼓足勇气试着写了出来，先生说写得很好，并在他的指点下进行了修改，然后抄上稿纸投往《遵义日报》，没想到1998年1月30日的《遵义日报》居然刊用了。就这样，我灌香肠的往事，活成了我的散文处女作《香肠好馋人》，并通过党报分享给了众多读者，真令我惊喜万分。

脑子是个大仓库，储存着不同岁月发生的往事，只要一搜索就像放电影一样一幕幕展现出来，所以有了开头就刹不住车了。

20世纪70年代初，由丁从重庆迁到贵州绥阳一高山定居，家里没钱买粮食，大人又因受政策限制不能做生意挣钱，父母没办法，只能让我这个八九岁还未入学读书的孩子去钻政策的空子，背个小背篼在川黔线的火车上贩运辣椒做"投机倒把"生意，挣钱养家糊口。那段岁月后来活成了一篇《童商苦旅》。

仍是 20 世纪 70 年代初，我家从重庆搬来贵州定居，有一年大年初一，我与哥嫂小弟还有邻居蔡哥哥一起，天还未亮就起床吃了母亲早早给我们煮好的汤圆，赶路去重庆老家陪奶奶过春节。我们走了几十里山路，然后坐汽车转火车再步行，因时间估计不足，步行途中要穿越二十里没有人烟的花坝森林，天越来越黑，走着走着，前面带路的哥哥被一个突然冒出的土堆挡住了去路，脚一踩上去老向下滑，总也走不过去。哥哥摸出随身带的打火机打着，亮光只能照着巴掌大的地方，见着一些半死不活的野草。哥哥说今晚只能在此过夜了，我们一行五人便原地放下行李，在这川黔两省交界地带的荒山野岭露宿。哥哥嫂子就地弄来些干柴烧了一堆大火，我们坐在边上烤着，提心吊胆地熬着寒冷而漫长的夜晚。刚开始，哥哥与蔡哥哥提高嗓门聊天南海北的稀奇事给我们壮胆，才使我们好不容易在寒冷的野地里坚持了一阵，但到了深夜还是打起瞌睡来。在荒山野地里我十分害怕，总觉得一睡去就会被老虎咬去吃了，所以在他们响起鼾声时，我却没敢入睡。漆黑的夜里忽然传来了野猪的叫声，吓得我赶紧摇着哥哥。哥哥醒来后，急忙摸出衣兜里准备给爷爷上坟时燃放的大火炮点上，扔进黑夜，"砰砰"响了两声，野猪的叫声才消失了。之后，三个大人只得在火堆边轮换着打瞌睡。整个夜晚，我的心都像要跳出来似的煎熬着。五十年后，我的这段传奇经历复活在我的散文《露营花坝两重天》里。

1982 年，母亲在医院去世后，得找个乡邻与我哥哥一起把母亲的遗体抬回家。我先回家去请那位乡邻，他二话没说，立即跟着我赶到了医院，与哥哥一起把我母亲抬了回来，一来一去，上坡下坎，六十多里山路啊。后来我才知道，这位乡邻的妻子刚刚在家生下孩子，急需照顾，他为了帮助我家，都忍心放下了。那情意真如同端起自家柱头把磉碓让给别人家一样深重。这段四十多年前的往事，于去年写进了我的散文《端起柱头让碌碓》，读着令我热泪盈眶。

在我的人生中，与动物打交道的故事不少，这些故事后来活在了我的《"护宅者"》《"母"与"子"》等散文里。我家有几亩责任地，原本能养活十来人，后来因找不到人耕种而荒芜了，长满了杂草、乱刺和灌丛，我看着心疼，虽已年近六旬，仍亲自动手，砍、耕、种一条龙，将其植上了红豆杉树，并年年都去除草、施肥，使那几亩死荒地焕发了生机。后来，我把这段岁月写成一篇近六千字的散文《给我的荒地穿新衣》，使其活了过来。

我这一生，艰辛地把一个个日子熬成了逝去的岁月，而写作，又让这些本已逝去的岁月活成了文字，活成了几本文集，还使我被吸收为中国散文学会会员、贵州省作家协会会员，成为我家全国首届"书香之家"的一根小支柱。我的文字，也有若干选集收录，如故事《牛母子》《种红薯》和儿歌《太阳月亮藏猫猫》，被选进了"十四五"职业教育幼儿保育专业教材《幼儿文学阅读作品鉴赏》里；小说《孝顺媳妇》和散文《书包》《藤起包》被选入了《贵州新文学大系1990-2019》（儿童文学卷）。真没想到，让岁月活成文字，既温暖着我，也能给读者送去一缕和煦，真是无比美好。

是为序。

姚远洴

2024 年 10 月

目 录
CONTENTS

第二辑
爱与亲情

第三辑
美食乐行

第一辑

懵懂时代

大雪佛

早上，刚一起床，朝窗外望去，白茫茫一片，还有人在小区花园的树叶上采着雪。这勾起了我童年时一次堆大雪佛的记忆。

那个冬天，我哥带了个漂亮大姑娘回来，说他结婚了，让我和弟弟妹妹叫她嫂子。嫂子来后下了一场大雪，天上飞雪像棉花滚滚而下，一眼望出去，除了白雪什么颜色也见不着，只偶有黄狗或黑狗背着一身雪花回到屋檐下抖动着，雪全掉到地上。院坝的雪大约有一尺厚，我们姊妹四人加上隔壁家四兄妹，八个孩子疯跑在雪地里，有的仰天吸雪，有的抓一把雪塞进嘴里，有的悄悄往别人后颈窝里塞雪，男孩子们揪出自家的狗骑上去，弄得狗叽叽哼哼的。小男孩被狗摔倒在雪地上成了个啃雪小哥。小男孩们还不依不饶，非把自家的狗拖在雪地里趴着吃口雪不可，顿时狗吠人笑。"人跟狗打架了！人跟狗打架了！"小妹妹们的叫喊声传上了大雪纷飞的天空。

煮饭的母亲从灶房探出头来，"幺娃子——幺娃子——"地喊着弟弟的乳名。其实母亲是怕她五六岁的小儿子在雪地里摔伤或冻出病来。

嫂子也出来了，她双手捧起雪花，一次次扔向空中，高喊："喂——好美好美！"我们所有的目光都被嫂子的高喊吸引了，并伴随着乱吼一气。吼完，嫂子要我们堆雪人，那时我们还不知道什么是雪人哩。嫂子说就是用雪堆起来做成人的样子，还说要在院坝边堆一个大大的很久都融化不完的大雪人——乐山大佛。

我们高兴极了，每个孩子都兴奋地听从嫂子的指挥，大的拿来火铲，小的拿来锅铲，有的提来篼箕端来撮箕，大家齐心协力，铲的铲，撮的撮，提的提，把雪弄给嫂子。嫂子既是设计师，又是塑造师，还是雕刻师。嫂子指挥着让我们七手八脚用雪靠院坝边的地作了块1尺多厚的长方形雪台，然后在雪台宽的一边用雪堆砌成跟嫂子一般高，我们两个孩子手牵手合围起来才能抱上那么粗的大雪堆。雪堆砌成后，嫂子又指挥我们铲很多雪来顺着堆成的雪堆长的一边再加上1尺厚。做雪人的雏形堆砌好后，嫂子就开始雕刻了。嫂子用的雕刻工具是砍金竹来做成的大中小三把竹刀和一支竹签。我们在一旁，有的给嫂子打下手，听从嫂子使唤，若嫂子需要什么就给她拿什么；有的目不转睛地盯着嫂子在雪堆上雕刻；有的打着雪仗嬉闹。嫂子先用最大的竹刀在雪堆的顶部砍来削去地侍弄着，一会儿，雪佛的颈部跟头部的雏形便出来了。嫂子继续顺着颈下面的雪堆体用竹刀修削补缺。然后在筑成的第二层雪台上侍弄出雪人坐式的两条大腿，再从膝盖部位向下削去第二层上两尺厚多余的雪块，留下两条雪人小腿向下的坐姿，跟连在第一层雪台上的一双一尺多长肥大脚板的雏形。

大雪佛的雏形出来了，嫂子又从头开始雕刻。她先把大雪佛的头削得圆圆的，把耳朵和脸部轮廓用炭子勾画好，削出脸的总体部分，又用炭子画出眼睛、鼻子、嘴巴、上额和下巴。下一步就是用她自制的竹子工具，精心雕刻了。嫂子用小竹刀跟竹签交替侍弄着，两只雪耳朵已雕刻成功。又一阵，雪佛的眼、鼻、口、眉、前额和下巴，也在嫂子的精心雕刻下完成了。大雪人的眉毛是从三妹长辫子上剪下一撮头发做成的，眼仁是用母亲留下的刀豆种子陷进去做成的，嘴巴是胡萝卜削成塞进去做成的。在嫂子的指导下，我们还找来黑豆子，根据大雪佛的头形一圈圈均匀地镶入，做成大雪佛的黑发。大半天的工夫，雪佛的头部和五官总算完成了。接着就是对大雪佛撑着膝盖的双掌及手臂进行完善，嫂子先修补好双臂，接着是雕刻指掌。在嫂子用小竹刀跟竹签精心雕刻下，大雪佛的十个搭在膝盖上的手指慢慢现出来了。踩在第一雪台上的十个脚趾也很快出现了。指甲盖是我们用家里的干银杏叶剪下贴上去的。

一尊"鲜活"的大雪佛呈现在我们眼前了。嫂子说这尊雪佛叫"乐山大佛"，是她从四川乐山请到这里来守护这方水土的。我们十几个人围着大雪佛欢呼雀跃，高喊着"乐山大佛来了"。

那个冬天，大雪佛在我家院坝边缘坐了两个多月，引来邻近好多人观看。从此"乐山大佛"就刻进了我的脑海，半个世纪过去了，至今不忘。

2022 年

藤起包

　　我小时候的家坐落在一个四周都是悬崖峭壁的高山上。那里没有河，只有山，而且是一座连一座的山峰。山上住有十来户人家。基本上每户人家的房前或屋后山头上，都有一片四季常青的亮脚杂木林，是孩子们的乐园。

　　我们不管是砍柴还是割草，都没离开过山，一天总围着山转。在四五岁时，就学着爬树了，到了七八岁就能在一片树林子里攀来爬去，并能在树上来去自如，有如猿猴一般。到了十岁左右，不管是参天白杨还是合抱大杉也能攀爬了。

　　山里孩子有山里孩子的玩法。七至十岁这个年龄阶段的孩子，不分男孩女孩，常常三五成群聚在一起，在一片林子里选定 50 或 100 棵树，并用藤子把这些树圈起来。然后使出自己平时在树上练成的攀爬本领，各人选定一棵树为起脚点爬上去，从一棵树到另一棵树，直到把圈定的每一棵树攀爬完，再回到起点的那棵树下地，就证明已练就了能过关的攀缘本领。在约定的第一次比试过程中要是有谁使出浑身解数都没能攀完圈定范围内的树木，那这帮孩子的每次活动需要服务的事情就归他或她负责，直到能攀爬过关为止。

再有一种玩法就是在一片树林里，各自按自己的意图选几棵树为定点，把割来的较粗的葛藤拴在七八尺高处，然后再用很多葛藤编织成一张网，我们叫这张网为"藤起包"。还拖声拖气地念："藤起——藤起——包，包，包。"这个藤起包织成后，人就从树上爬进去睡在里面摇呀摇的，感觉舒服极了。我们现在用的吊床是绝没有藤起包那种天然乐趣的。那时的我们哪里知道有什么吊床，只知道割来藤子在树与树之间织这么一张网，既好玩又舒服，还不用花钱。这一玩法是孩子们长期在林子里玩时想出来的。先是在树上攀爬，爬累了就下来躺倒在树下休息。这一躺免不了有虫虫蚂蚁爬上身来咬，孩子们就动起脑子来想法子解决这个难题。嘿，还真有脑子活络的孩子想出了在树与树之间织藤起包这个好主意。每一项成功的发明，都是人们在生产和生活中需要时发明创造出来的。我们也正是需要玩得痛快，才发明了藤起包的。

记得有一回，我跟小伙伴江和琴在那片树上玩，玩够了就钻进自己的藤起包里美美地睡起来。这一睡可过了头，等醒来的时候天已近黑。本来是出门割猪草的，情急之间只得胡乱地割些牛草装在背篓里就回家了。我回家时被母亲发现了，问我割的猪草呢，一天干什么去了，我当然不敢实话实说，因而挨了母亲的一顿臭骂。小琴可惨了，不但挨了骂，还挨了她母亲打，并被关在门外。她一气之下跑了，到她母亲消气后出门叫她，还哪里有她的影子。他们一家人四处喊她找她，也没她的回音。眼看大多数人家都睡觉了，还不见小琴回来，她的父母急了，跑来问我："她会去哪儿呢？"我心里估摸着她一定在那里，不过那个秘密不能让大人们知道，要不然我们就得换一个新地方再织藤起包，多费劲。我心里正想着，琴的父母等不及了，追问道："快告诉我们，琴去哪儿了？"我说："让我找找看，但你们得答应两个条件：第一，我找的时候你们不得跟着；第二，我找着了你们不得再打骂她。""行，行，快去找。"小琴的父母头点得像鸡啄米。我叫上小伙伴江壮着胆来到离房子大约有里把路远的一个山头，钻进林子来到我们的藤起包处，叫着小琴。"小琴，是我们来啦，快下来吧！"小琴听出是我和江的声音，就从藤起包里翻身起来慢慢下到地上。我们三人手拉手回到家里，但这个秘密却永远留在我们的心底。

大山伴着我们度过了天真的童年，到现在我仍时时在梦里还要睡一睡我们的藤起包哩。

1999 年

独特的美容神器：

20世纪70年代，我家住在黔北一个偏远贫穷的高山顶上，在大山里读小学期间，我和我的伙伴们曾使用过一些独特的"美容神器"。

铁丝：刘海卷发器

记得读小学四年级时，我参加了学校的宣传队，我们全队共八个人，由四个男生和四个女生组成。教我们唱歌跳舞的是年轻漂亮的罗老师。罗老师给我们编排了两支舞蹈，让我们利用课余时间练习了半学期。快要去演出时，最让罗老师头疼的是给我们化妆打扮的事。

在那个年代服装是没办法统一的，学校没钱统一买，有的队员家里也拿不出钱来买。罗老师只要求家里买得起的男女生买件自己喜欢的新衣服，买不起的把平时自己喜欢穿的衣服洗干净，到时穿得整洁点。罗老师只好在我们的头上下点功夫：男生好办，统一理个"东洋头"；那时的女生基本上都是两根辫子，在辫子的末梢卷一小点拿胶圈扎好，从辫子的两发端穿出的发梢处再扎一个红布条蝴蝶结，然后给每人剪个刘海，并用大号铁丝放在柴火里烧烫取出，将我们的刘海分层次慢慢烫卷，每个人的刘海都得烧很多次铁丝才能卷成。特别是烧铁丝时的温度难把握，如果铁丝过烫会把头发烧焦，如果温度过低头发卷不起来。得反反复复地烧，反反复复地烫。烫的时候老师还得特别小心，稍有一丁点差错就会烫着我们的额头。就这样我们每个女生的刘海卷发老师都要花一小时，四个人要四小时才能完成。我们的脸上抹的腮红，是聪明的罗老师用红色染料粉兑水给我们抹上去的。

罗老师用神奇的卷发器把我们打扮得漂漂亮亮，助我们圆满完成了演出任务。

芭蕉水：神奇护发素

我上小学时，班里有个姓李的女生头发长得又长又黑，同学们都非常羡慕她背上的两条黑长辫子。

就在读一年级第二学期的一个夏天，李同学带来一块芭蕉送我，让我趁没上课时把芭蕉水挤到头上的发根处顺头发流下，说经常用芭蕉水护发，我的头发也会长得跟她的头发一样好。她告诉我她家住芭蕉林，芭蕉树很多，她常剐芭蕉树块拧水护发，头发才长这么好的。从那以后只要见到芭蕉树，我都要弄些来拧水护发，特别是在上学路上，只要路过有芭蕉树的地方，每天都会扯下一块来举到头顶把水拧进发根。可我弄上几次后，脸就肿起来了。脸好了再弄，弄一次肿一次，每一次肿都要一星期才消失。母亲知道了，说我是皮肤过敏，嘱咐我不要再弄那东西了。学校的大多数女生上学时，也经常把自己的头发用芭蕉水弄得湿漉漉的，全都没事，我妹妹弄了也没事。说来也奇怪，一年后，学校的长辫子女生多了许多，有些女生的头发已经长过屁股了，我妹妹的辫子也长得很长。

我现在也不知道芭蕉水有没有让头发长得又黑又快的功能，但我们的确曾用它来护发。

木耳菜籽：紫红美甲油

在那个没有美容院、美发店、美甲店出现的年代，我们这些天生爱美的女孩子就开始用大自然馈赠的美甲产品木耳菜籽来美甲了。

我上小学二年级时，班上有个叫英子的同学，去城里亲戚家耍了回来后，上学时总伸出手炫耀她的红指甲。课余时间女生们也老围着她转。她的红指甲是用红墨水涂成的，班上的女同学们纷纷效仿，买来廉价的红墨粉兑成红墨水染红指甲。以后学校里的女生涂红指甲的特别多，有些高年级的女生还染的是紫红色的指甲，比红墨水涂成的漂亮，还不容易抹掉。低年级的女生非常羡慕那些高年级大姐姐们的紫红色漂亮指甲，可她们保密，不告诉我们是用什么涂成的。后来有个一年级的小女生也涂紫红色指甲了，是她高年级的姐姐给涂的。课间操时我们班的女生碧给她糖吃，她就悄悄告诉碧，是从菜园子摘来黑红木耳菜籽涂上去的。从此，我们也从自家的菜园子摘下成熟的木耳菜籽来涂红指甲。如果自家没种，也叫要好的女同学给摘几颗用纸包上放书包里带来学校。一个传一个，学校的大部分女生都涂这种红指甲了。木耳菜籽成熟时正穿凉鞋，有时还拿来涂脚指甲。木耳菜籽这种天然指甲油，是大自然在那个年代赐予我们不花钱的美与快乐。

这些独特而有趣的"美容神器"伴随我们快乐地成长。

2022 年

感谢山路

每当我遇到困境时，便会想起家乡那条曾给过我勇气和力量的山路。

在一座凸起的高山顶上，有一个十来户人家的寨子，寨子的四周都是悬崖峭壁，悬崖峭壁间盘旋着山路。

我是8岁的时候，由父母从平坦的四川盆地带来黔北这个山寨定居的。

第一次走山路的狼狈样，至今难忘。

那是母亲送我上学的第一天，母亲拉着我，让我慢慢朝前走，我看着眼前的悬崖，脚直打哆嗦，一颗心老是悬着。到了山脚的平缓之处，悬着的那颗心才落了下来。到学校已晚了一个多小时。母亲一直待到放学后领着我一道回家。在回家的路上，小伙伴们都嘲笑我，说我是胆小鬼，走几步山路都要妈妈接送，还说以后不再跟我这个胆小鬼玩了。我觉得非常委屈，又害怕他们不和我玩，于是就硬着头皮一路上再不要母亲拉着走，并使劲跟着小伙伴们往上爬。小伙伴们真不愧是从小在山路上攀爬的孩子，一会儿就爬到了半山腰的一块天然大石上，在上面歇着看我往上爬，还齐声喊着我的名字叫我加油。母亲也在我的后面鼓励着。为了不让他们失望，我也不顾一切地直往上爬，终于爬上了那块大石，爬上了山顶，山路终于被我战胜了。

从那以后，我也就天天在那山路上不断地上下运动。到我读三年级的时候，我不但能快速地爬上山顶，而且还练出了较强的耐力。我读四年级的时候，区里组织了一次较大的小学生田径运动会，每个运动员能参加四个项目的单项比赛，我参加的是女子少年组的爬竿、长跑、跳远、投弹，结果爬竿、长跑我都分别取得了第一名。我在这条山路上每天上下两趟，长达八年，完成了我小学、初中的学业，算是一次长跑吧。后来我读了高中，高一时学校组织了一次冬季长跑运动，我荣获了高中女子组长跑第二名。就在1997年"六一"儿童节，县体育局举办的家庭运动会上，我家夺得了第三名，也有我的一份功劳。

感谢山路，是它造就了我强健的体魄，以及战胜困难的勇气和力量。

1998 年 7 月

童商苦旅

　　前些天，妹妹在菜市中心开了一个批零兼营的卫生纸店，开张的前一天叫我帮她张罗张罗。我到店面时，妹妹正在打电话与生产厂家联系进货的事。中午，厂家就把卫生纸纷纷送上了门。我和妹妹精心地计划一下后，很快把它们摆放妥当，为明天的开张做好了一切准备。做生意都盼着有一个好的开头。

　　第二天，我和妹妹早早到店上开了门。为了图个吉利和吸引顾客，我们放了几圆鞭炮。鞭炮声刚停下来，顾客也就从熙熙攘攘的人群中，络绎不绝地来到我们的店里，问东问西，买这买那，我们忙个不停。头一天下来，我们就卖了两千多元钱。照这样的营业额，一个月下来，除了税收、房租和其他费用外，是要赚个千儿八百的。

　　在这宽松的政策环境下愉快地交易的情景，令我想起了我在童年时期一段做生意的往事。

　　那是 1970 年的春天，我家从四川迁到贵州山区落户。一家八口人寄居在别人的房子里，靠借来的粮食拌上野菜充饥，经常是有上顿无下顿的。万般无奈之下，母亲想到了做生意。我家落户的那个山区出产辣椒，母亲就算计着把这里老百姓余下的辣椒买过来运往四川老家卖，每斤可赚上几角钱。想是这样想，可那时严禁转手倒卖，大人做生意很容易被没收，甚至进学习班，于是父亲便想到了刚满过七岁，乘车还不用花车费的我。母亲也只得含泪同意了父亲的意见。于是父亲马上行动，去这家三斤那家两斤地买了共十五斤辣椒回来。母亲用旧被里缝一个口袋装了辣椒放在小背篓里，上面盖一件我穿的破衣服。一切准备就绪，母亲又一次一次地教着我怎样转车、怎样卖辣椒的话。

第二天早上我们起得很早，吃了点东西，母亲背上给我准备的那个小背篓，领着我往二十多里外的汽车站走去。一路上母亲又一遍遍地重复着昨天给我讲过的话，还叮嘱道：路上要小心，嘴要甜，叔叔阿姨的叫甜一点，人家就会喜欢你的，万一找不着你要找的地方，问问别人就知道了，嘴是江湖脚是路……

我知道母亲当时心里很难过。到车站后，母亲用一元钱给我买了张半票。她说没大人领着，又背着东西，还是头一次一个人出去，买张票好叫售票员照看我一下。我上车了，母亲的泪掉到了地上。车走了很远，我还听见母亲在"记住记住"地喊着。我也脸朝窗外止不住地流着泪。

在好多叔叔阿姨的帮助下，我坐了三小时的汽车、八小时的火车后，到了姨妈家。在姨妈的帮助下，我将辣椒分几次拿到工厂的菜场上出售，两天才全部售完。辣椒处理完后，我就搭早上的列车往回赶。这一趟整整花了一个星期时间。回到家里，我把钱全部摸出来交给了母亲，母亲数了数，共十八元，除去本钱，赚了七元五角钱。不错，赚的钱能买到十五斤大米，拌上蔬菜或野菜，一家人勉强能度过一星期了。全家人围着我问这问那的，父母还夸奖了我一番。以后我便每星期都得搞一次"长途贩运"，全家人就靠我赚来的微薄收入勉强度日。就这样，我在川黔铁路线上往返了近两年时间。

我满九岁后，父母坚持要我上学念书，才中断了我的辣椒贩运史。

跟现在做生意比起来，简直是一个天上一个地下。想到这里，我心中情不自禁地为改革开放唱起了赞歌。

1998 年

书包

　　女儿小学毕业了，考上了县城最好的一所中学，这几天她老是在我面前说："我又该换书包了，妈妈，给我买个新书包吧。"

　　女儿又要换书包的事，勾起了我对往事的记忆，于是，翻箱倒柜从大衣橱里找出了洗得发白，并打上几处补丁的帆布挂包来，说："这就是我的书包。"并给女儿讲起了书包的故事。

　　我该上学时，一家人跟着父亲辗转搬家，家里穷得连饭都吃不饱，快10岁了父亲才把我送到学校发蒙读书。那时没有学前班，一年级我也没读，插班读了二年级。上学的第一天，老师发给我两本书：《语文》和《算术》。我高兴地拿着新书回到家，高喊着妈妈。母亲看着我手里的新书，心里盘算着给我缝书包的事。晚上，母亲踌躇了好久，才剪下她心爱的已睡得半旧的花布枕套的一半来，在煤油灯下一针针缝起书包来。缝好后，把我的新书小心翼翼地装在里面。第二天，我背着母亲为我做的小花书包兴高采烈地上学去了。后来这个花书包伴随我度过了三年级，到了四年级已补了好几个补丁。就在我上四年级的那个冬天，我们学校的韩老师的妹妹出嫁，请我母亲帮她家烧两背刺炭，他在来背刺炭时，硬塞了一元六角钱给母亲，母亲便用这钱给我买了印有"好好学习，天天向上"的黄布小书包。从此，我在同学们中间也得意起来，下课时，书包也不离身。我珍惜书包，更珍爱学习机会，所以学习成绩好，年年被评为三好生，老师也非常喜欢我。进中学后，书本多了起来，当然盼着能有一天可买个大的新书包。改革的春风吹来，父亲在宽松的政策环境下做起了辣椒生意，他第一次赚了钱，就花6元钱给我买了一个又新又大的帆布挂包。就那时的农村来说，在班上，我背上了最好的书包，因此我非常珍惜它，常把它洗得干干净净的。它一直伴随我读完高中，虽然洗得发了白，打上了补丁，我也没舍得扔掉它，因为它是我读书时盼来的最好的书包。作为纪念，后来我用它装上我需要的书陪我出嫁到了婆婆家。

女儿听了书包的故事，并看到了我背过的书包，再也不叫我给她换书包了。我扳着指头数着女儿背过的五个价值都在二三十元的漂亮书包，这些书包不但五颜六色，而且层次多，款式新颖，背着上学既潇洒又大方。数着数着，我对女儿感叹说："是改革开放给你们带来了幸福生活啊！"接着我又告诫女儿，尽管我们现在的生活比过去好多了，不再缺吃少穿，但还是要时时记住"节俭"二字啊。女儿听了，不住地点头。

1998 年

鞋

可能是命运的有意作弄吧，虽然母亲特别能干又非常勤劳节俭，但全家人还是长期生活在困苦之中。

由于辗转搬家，我快十岁时，才得到上学。我读四年级时，公社要举办一次全社小学生田径运动会，我被选为出席这次运动会的选手，放学回家给母亲一说，母亲挺高兴地夸我有出息，但我反倒很不高兴地说："别夸了，我不想去！"母亲的脸马上沉了下来："刚夸你有出息不是，有机会出去长长见识，妈就为你高兴！"我看着母亲生气的样子，只好说："我是没鞋穿才说不去的嘛。"母亲看着我光着的脚发起了呆，过了好一会儿才说："去吧，会给你准备鞋的。"话是这么说，可愁坏了母亲。母亲想着去跟邻里的孩子借，可邻里的多数孩子平常也跟我一样打着赤脚，只有极少的孩子穿鞋，再说，这又是跑呀跳的事，万一给别人跳坏了，还不了可不行。后来母亲只得从自家的废鞋筐里找出一双大姐早已穿不得的布鞋来洗干净，把破烂的地方补好，叫我将就着穿。那时的我只要能穿上鞋就行，没挑剔的余地。在那个年代，我们常常有半年多是打着光脚丫上学。要到冬天，母亲才设法给我和弟妹们买来廉价的解放鞋穿。等冬天一过却已是面目全非不能再穿了。在秋末冬初没鞋穿时，打着赤脚走在泥地上，脚背上时时冒出血珠珠来，辣辣地疼。这次运动会我参加的是女子少年组的项目，当我参加的项目只剩下长跑的时候，我右脚鞋的前半部脱筋了，临跑时带队老师给我找来一根供销社打包时用过的小麻绳将鞋跟脚绑在一起，让我坚持完成最后一个项目。这样绑着跑我感到非常难为情，但实在无可奈何。这次田运会我虽然分别获得了爬竿、跳高、长跑几项奖，可老想着脚跟鞋绑在一起跑的情景，心里总觉得很不是滋味。

从那以后，我除了读书和干些力所能及的家务活外，就想着要挤出时间自己学做布鞋穿。一天晚上，我和母亲坐在煤油灯旁，母亲一边给弟妹们缝补衣服，一边指点着我用纸、笋壳、破布粘鞋底，鞋底填完也是后半夜了。后来只要一有时间我就取来鞋底学着锥上几针，还经常偷偷装在书包里，课间十分钟也要悄悄地锥。锥鞋底可难了，那双鞋底我这么用功已锥了一学期多。因为是学锥，戴不惯顶针，针鼻子常常扎进我的中指，钻心地疼。有几回我都已不想再锥鞋底了，又总忘不了开运动会时穿的鞋，才咬着牙坚持把鞋底完成了。锥完鞋底接着又做了鞋面。到了夏天，我终于穿上了自己做的新鞋，这时我已读五年级了。从此，我就自己做布鞋穿了好些年。到了80年代初，我已成大姑娘了，才买了一双料子布做的红鞋面白边鞋。我非常珍惜那双鞋，要出入公共场所时才穿它，觉着穿起来洋气些。

现在我穿的鞋可多了，高帮皮鞋、矮帮皮鞋、四季皮鞋、皮凉鞋、布拖鞋、凉拖鞋……还分什么欧版美版哩。我非常爱护它们，穿后总要把它们打整得干干净净，每一双都要穿得不能再穿了才扔掉，因为我忘不了将鞋和脚绑在一起参加运动会的尴尬情景。还好，那样的情景已不会再现了。

1998 年 11 月

一颗糖

　　小侄女三岁了，最喜欢吃零食，每天都缠着姨妈、舅舅和外公要钱买糖，有时她一天就要吃掉十多块钱的高级糖果。看着小侄女吃糖时那张扬扬得意的小圆脸，我不禁想起了我小时候经历的，关于一颗廉价水果糖的故事。

　　那时家里很穷，吃糖就成了一种奢望。再说那时的红糖、砂糖都要过年时每家才供应一斤两斤的，平时很难吃到。我说的吃糖是吃水果糖，只有水果糖，在供销社或供销社的代销点才能买到。

　　我读小学二年级时的一天，我的同桌英说她得了两分钱，叫我陪她到大队代销店去买糖吃。我们到了代销店柜台前，英踮着脚尖够着手递上那两分钱大声地喊："买糖！"售货员接过英手里的两分钱，拿来两颗糖放到柜台上。英捡了糖拉着我高高兴兴跑回教室，坐到我们的座位上。英拿出手里的一颗糖，剥去糖纸放进嘴里，然后看了看手里的另一颗糖，极不舍得地给了我。我接了糖捏在手里。英看我没剥着吃，一边抿着嘴里的糖，一边催我说："真甜，快吃吧！"我说："不，我要在放学回家的路上才吃。"英说："你真抠。"说着我们就出教室玩去了。我把那颗糖揣回家给了母亲，并说："妈妈，你吃吧，我看着你吃。"母亲在问明糖的来历后摸摸我的头说："真孝顺！"听了母亲的称赞，我心里好像真的吃了那颗糖似的，甜极了。

这事已过去了好久，一天，我三岁的小妹感冒发烧，母亲背着小妹到大队赤脚医生处看病回来，喂小妹的药，小妹怎么也不肯吃。母亲就用手捏着小妹的嘴巴，强行给小妹灌进口里，当母亲松开捏着小妹嘴巴的手时，小妹又把口里的药吐了出来。这时母亲好像想起了什么，跑进里屋，出来时，手里拿着一颗糖，哄着小妹说："乖，把药吃了，妈妈给你糖吃。"这回小妹真的乖乖地把药吃进了肚子里，赶忙抓过母亲手里那颗已部分溶化跟糖纸黏合在一起的水果糖，剥了剥，剥不掉黏着的糖纸，就急急地塞进嘴里吃起来。小妹吃着吃着，跑到我跟前得意地说："二姐，这糖真甜，我抿着吃的，没嚼着吃。"还说："下回吃药药，妈妈再给我糖吃。"我心里明白，小妹吃着的糖还是我给母亲的那一颗。

时隔近三十年了，我总也忘不了那颗糖。我把这事讲给我读初中的女儿，女儿却说："现在谁还稀罕一分钱就能买来的一颗糖哟！"

1999 年 9 月

吃辣椒

　　辣椒是我们家乡的土特产，家家种，人人吃。

　　说起吃辣椒，我想起了我的母亲，那是 20 世纪 70 年代初，我们刚从四川搬来贵州定居的头几年，在辣椒长出来的那段时间，我母亲只要路过辣椒地，不管青色红色的辣椒，总要摘一个放在嘴里嚼着吃，乡亲们问她辣不，母亲总说嘴巴没味，吃吃辣椒提提口味，吃了辣椒心里感觉舒服点。乡亲们知道了我母亲随时摘辣椒吃还不怕辣的习惯，又因母亲姓王，好事的乡亲就喊母亲"辣椒王"，时间久了，方圆数里的百姓都叫我母亲"辣椒王"。

　　有一次我跟母亲赶场，在回来的山路上背着些日用品和从别人家借来的一些粮食，弓着背路过辣椒地时，母亲又摘了几个辣椒放在嘴里嚼着走。我看见母亲被辣得眼泪直流，说不出话来，心疼地说："妈，不吃那个生辣椒吧，实在太辣了。"母亲总说："吃了有力气，辣了才有精神背东西。"我们赶场得走三十里山路，回家时一直爬坡，歇气的时候母亲还让我去辣椒地里摘几个带着备用，她总说吃了辣椒有劲。其实是我们一家八口人刚搬来贵州的头几年，要靠借来的粮食度过饥饿，我们常常是一顿饭一人一碗分着吃，母亲在分配时常把自己的一碗饭省下几口分给了六个孩子，孩子们一人多得了一口，母亲就少了很多口。母亲因干活饥饿没力气，才吃辣椒充饥提神的。

我是吃着辣椒度过学生时代的。读初中时，由于我家离学校有几十里山路，只能每星期回家一次。因家里拿不出钱来供我打菜吃，所以每星期都会炒两瓶辣椒带到学校，作为一星期在学校吃饭的菜。我带得最多的是辣椒酱炒酸萝卜，打上饭拌在里面吃着，酸酸辣辣还有萝卜的味道，挺送饭的。有时候也换着炒瓶辣椒鲞或糟辣椒豆，有时也和室友们交换着吃点不同口味的辣椒制品。那个年代即使经济条件好一点的同学，也要用肉之类的交换着炒成各种辣椒，每星期带上一瓶，每顿饭弄点出来，与打来的菜一起下饭吃，那就是一种奢侈了。在我，这种奢侈是很少有的。辣椒就这样伴着我完成了初中学业。

记得上初三的时候，有一个晚上，我和室友写完作业又饿又馋，特想吃东西，又没什么可吃的，室友就把她带来的辣椒鲞瓶子拿出来，用筷子挟着你一口我一口地吃着解馋，她那辣椒鲞是用糯米面做成的，经过了油的煎炒，吃起来又香又辣又糯，真够味，我俩越吃越想吃，不一会儿就把一瓶吃完了。馋是解了，可过了一会儿，室友的肚子痛起来了，接着我的肚子也痛起来了，而且越来越痛得厉害，痛得我们两人在床上打起滚来。实在痛得厉害了，我们就找到住在学校附近的同学家，请求帮助。同学的外婆很有经验，弄来酸菜酸汤叫我们吃，我们分别喝下一大碗酸汤，吃了一些酸菜，肚子的疼痛感才慢慢开始有了缓解。这一晚，我们俩被弄得没有睡着觉，第二天眼圈都是黑黑的。后来，我们再怎么饿，再怎么馋，都记住少吃一点辣椒，多喝一些水来解馋。

我结婚后怀上孩子时，想吃辣椒的那种滋味无法言说。记得在怀孕三个月后特别想吃辣椒，越辣越好，每顿饭都用煳辣椒面合上大蒜泥加上盐拌上一碗，吃饭时用它来拌着饭吃，少了还过不了瘾，婆母说少吃一点，吃多了对孩子不好，我不管，只想吃辣椒。那年，婆母留下吃一年的干辣椒，早早地被我吃光了，新辣椒还接不上。没了辣椒，我吃饭不香了，一点胃口也没有，饭也吃不下。没办法，婆母只好说赶场天买点辣椒回来，先生的干妈知道后，给我送来两斤干辣椒，才接上了新辣椒。结果女儿生下来后，脸、五官和身上，每个部位都脱了一层皮，当时我还真有点后怕。还好，脱完皮后，女儿身体没什么大碍，我才舒了口大气。

我身边有一位烟龄很长的朋友戒烟，用上了各种办法都没有成功戒掉。我们在一次聊天时，我讲起了母亲吃辣椒充饥提神的故事。从此，这位朋友就开始吃朝天椒戒烟，烟瘾来了想抽烟时，就拿出一个朝天椒放嘴里嚼着吃，一辣就忘记了烟的事。没精神时也吃个辣椒，一辣浑身有劲，精神就来了。就这样坚持了半年，便再也没有想抽烟的感觉了。如今十几年过去了，朋友已六十多岁，他说再也没抽过一支烟。

我吃着辣椒长大，心想，辣椒一定会伴着我老去。

2018 年 10 月

买猪

一晃五十年了，那年正月，七八岁的我跟哥哥一起去看望住在重庆的奶奶，回来时哥哥买了头小猪崽坐火车回贵州，于是就发生了我要写的这件事。

我们刚搬进贵州那个高山村定居时，集市上的小猪崽要一块多到两块钱一斤，而我奶奶居住地的集市上，小猪崽只要一元钱左右一斤。在陪伴奶奶期间，一到赶场天，哥哥就到集市上的猪市转悠，看看能不能买到个既便宜又满意的小猪崽带回贵州来养。

选小猪崽是有学问的，不会选的话买的猪崽不会吃不会长老打圈不长膘，到杀的时候也就百十来斤，连上调国家的标准都达不到。那时喂头猪上调给国家，起码得要130斤重。去重庆前，爸爸教了哥哥选小猪崽的口诀："腰长尾短肋巴伸，耳硬毛稀叉口深。"哥哥按照口诀，从集市上选回了一头十来斤重，看起来有点瘦的黑色小猪崽，在奶奶家养了两天，喂它食时吃得很好还不太爱叫，挺可爱的。离开奶奶家时，奶奶找来稻草铺到背篓里，哥哥把小猪崽抱来放进铺好稻草的背篓里，才告别了奶奶。

哥哥背着小猪崽，我跟着哥哥，走了几十公里来到姑姑家住了一晚，起床后哥哥向姑父要了斤高粱酒，还在姑姑家找了两条烂麻袋放在背篓里。午饭后我们又告别姑姑家，背起小黑猪走了两小时路，终于赶到了川黔交界地带的一个火车小站——石门坎站。客运站虽小，但来来往往，在这里运煤炭的货运火车很多，为了省钱，我们打算爬煤车回遵义。待到天擦黑时，哥哥观察了周围没有人注意我们，就把背小猪崽的背篓弄进一节煤炭车厢里，把我也推上了车厢。哥哥爬进车厢后，把背篓放到一个角落。我们靠着背篓躲藏在煤车箱角落里不敢说话，战战兢兢地等待运煤火车启动。时间不长，忽然有一道亮光照射进来，蜷缩在角落里的我和哥哥还是被发现了，被赶下了煤车厢。哥哥说今晚不要钱的货车坐不成了，就买一张慢车票吧。哥哥说只有慢车在小站才停，那时的小火车站基本上下车后不通过车站内，可以按自己选定的方向沿铁轨走。遵义站是大站，下车后必须通过检查口才能出站，背的猪崽如果混不出来，很可能被没收。

离上车还有半小时了，哥哥便把小猪崽弄到一个角落里，将事先准备好的一瓶高粱酒拿出来，掰开小猪嘴灌进了小半瓶酒，然后把小猪崽装进背篓用烂麻袋盖好，等待着上火车。这时我老想着哥哥给猪崽灌酒的事。待临上车前几分钟，哥哥又把小猪崽装进烂麻袋里放进背篓，背上了火车。在车厢里，哥哥很快找到了座位，并把背篓里装猪崽的烂麻袋抱出来放进自己的座位底下，把背篓放到货架上。一切安排妥当后，哥哥叫我坐在座位上睡觉，他去看别的地方有空位没有。我立马把哥哥拉去车厢的连接处人少的地方，对着哥哥的耳朵悄悄说小猪崽怎么没动静了。哥哥咬着我耳朵告诉我它正醉着没事的，叫我只管坐在座位上打瞌睡，只要小心点别让自己的脚碰到麻袋就行。

因为是慢车，尽管每个站都有人上下车，但在深夜时乘客们还是以各种姿势打盹儿睡觉。儿时好睡，我挨上座位就睡起来，不知睡了多久，迷迷糊糊中被哥哥叫醒了。哥哥一边从货架上取下背篓，再抱出我座位下装着猪崽的烂麻袋，小心翼翼地放进去，一边告诉我他在这个站下车，下车后背着猪崽走路回家，有百十来公里，怕我走不动。时间耽误久了可不行，小猪崽要吃东西。叫我到了遵义站下火车后转乘一段路的汽车，要少走很多路。

我与哥哥分别后，也不知哥哥经历了怎样的千辛万苦，背着猪崽跋山涉水，才回到了我们那个高山上的家里。

那头猪崽经过妈妈用一年时间辛苦喂养，快过年的时候，上调给国家，换回一张 40 斤肉的肉票，我们一家八口终于过了一个有肉吃的年。

这事快过去 50 年了，我还记忆犹新。

2020 年

看猪

一晃四十多年过去了，由于我的不听话给家人造成了经济损失，使母亲很伤心的一件事，让我记忆犹新，不能忘却。

那是 1975 年的上半年，我上小学三年级。我家养了头母猪，由于没有猪圈，只能在两间木瓦房的后檐沟左右两边与土坎之间，用柴疙笆砌成半人高的墙来养它。这样的猪圈很不牢固，得有人在家随时照看，要不猪会把疙笆拱开跑出来。看猪的活不难，手上拿一根长点的棍子守在临时搭成的猪圈旁，要是猪来拱疙笆墙的话，就大声凶它和用手上的棍子吓唬它，它就会停止拱疙笆墙了，它实在不听话，继续拱，打它两棍子它就会跑开。一天就守着反复做着同样的动作。

看猪的事落在我跟三妹头上，三妹比我小两岁，我们读一个班，我们上学就只得交换着去，一人一天轮流上学读书，落下的功课晚上由当天上学的给补上，就这样，我们坚持了好多天。其实我一天都不想耽误读书，只要轮到我看猪那天，心里就难受极了，就想着怎么跑去学校读书。有一天，我终于忍耐不住了，等到大人们出门去集体干活时，我偷偷看着他们走远的背影，跑回"猪圈"拿根棍子指向母猪说："我去读书了，你不要把疙笆拱开跑到外面来，算我求你了好猪猪，等我读书回来喂你好吃的，乖乖地在里面睡觉，我读书去了！"我又抱些柴火挡了挡疙篦墙，然后背上书包飞也似的往学校跑。到了学校，虽然迟到了两节课，但我还是很高兴，因为下面还有三节正课能上，也就是语文和算术两门，那时我们把其他的课叫副课。不管正课副课，只要爸爸妈妈让我天天去上学读书，我心里就乐开了花。这天课一结束，我没按学校的规定集合排队走出校园，而是自己提前赶着往家跑。因为学校离家较远，又全是爬坡，以最快的速度也得四十分钟才能到家。到家赶紧一看，疙篦墙垮了，母猪跑到了牛踩青草粪的地栏里，牛正用角拗它顶它。当时我还不懂那事的严重后果，还因母猪没跑远而庆幸。大人们收工回到家都吼我，咒骂我不听话，我当然无话可说。当晚母猪生下了五头小猪仔，但全是死的。整个晚上，母亲流着泪只念叨着一句话："有一个小猪仔是活的都会好一点啊！"当时，缺粮问题正威胁着我家八口人的生存，都在眼巴巴地指望母猪生下猪仔来卖了，好得些钱来买粮食哩，这回希望破灭了。事后，爸爸妈妈就把母猪卖了，说是喂母猪没好猪圈不行，孩子上学读书也不能耽误。

母亲离开我们整整三十六年了，父亲也在八年前离开我们到天堂去陪伴母亲了。看猪的事，我还没有对他们说声对不起哩。

现在我住在城里的高楼大厦里，天天锦衣玉食，随时手里都可以捧着自己喜欢的书细细品味，与那时相比，真是天差地别啊！

2018 年

我失踪了

这件事发生在我七八岁的时候。有一次，我和哥哥一起从贵州绥阳到重庆去看望奶奶。在返回时，哥哥得把我们从重庆搬家到贵州时没搬走的一口大铁锅背回贵州的家里用。哥哥只得在中途提前下车，然后步行百多公里山路回家。因为路太远了，还得跋山涉水，我走不回去，哥哥只好让我一个人坐车到遵义站下车后，去亲戚家耍两天，再转乘汽车回去。

哥哥下车时告诫我，天快亮了，别打瞌睡，这站不算还有两站，记住停第二次时就是遵义，一定记住下车记住下车，还要我把他说的话复述给他听后，又记住下车记住下车说了好几遍。下车到候车室等到天亮，出了车站穿过铁路下面的涵洞，走四十分钟的路就能到小桥的表叔公家，途中要经过雨具厂。问我行不，我说行没问题。哥哥很不放心地一遍一遍地要我记住，到了表叔公家玩两天叫表叔公送我坐汽车回家，说他回家后一星期我还没回家的话爸妈会担心。一定要记住早点回来，一定一定要记住。哥哥重三迭四地告诫我，我也重三迭四地答应着。车停了，哥哥一边下车一边还回头讲着记住下车早点回家。我虽然不停地答应着，但看着哥哥下车了心里还是挺紧张的。那时我只要在哪里见着有穿黑色衣服的中年男人，我就认为是在电影里看到的那种坏人，特害怕，心里总扑通扑通地跳。哥哥下车后，我再也没了睡意。

到了遵义站，下车的人多，我顺着人流下了火车，又进入候车室等天亮。我记得在候车室等天亮的过程中，有一位六十多岁的老人给了我一根麻秆糖，我一直拿着舍不得吃。天开亮口，我才走出候车室往表叔公家的路赶去。表叔公家离火车站不远，我跟大人们走过几次，还在雨具厂看过电视，所以我顺利地找到了表叔公家。

表叔公见是我一个人，问明原委后，也没有责备我哥哥，知道是不得已才让我一个人来的。当时表叔公家是我们搬来贵州后一家人转乘车的落脚点。表叔公没有儿女，就他和他的母亲（我的舅祖婆）一起生活。当时表叔公六十多岁，舅祖婆八十多岁，我的到来使两位老人特别高兴。他们非常疼爱我，有什么好吃的都给我吃。我记住哥哥的告诫，耍了两天后，就叫表叔公送我去汽车站坐回家的车，表叔公说不放心我一个人走，要等大人来接。又玩了几天，表叔公还是不让走。我在表叔公家那段日子，白天有时跟邻居孩子上山下河疯玩，有时陪表叔公挑菜进城卖，有时陪舅祖婆在外面晒太阳，这个时候舅祖婆就教我背甲子。单甲子双甲子都是那个时候舅祖婆教我背得的。其实表叔公家挺好，我在这不但能吃饱饭，还三天两头跟着表叔公进城，有时表叔公还带我去老城的公园玩，到动物园看动物，猴子、老虎、孔雀都是我最喜欢看的。

时间一晃就过了十多天，我又想起了哥哥告诫我的话，一星期没回家的话，爸爸妈妈会担心我走失了而很伤心的，我得回去。我要回去，但表叔公还是不让走，说我爸爸一定会来接我，还过几天没人来接才送我走。我想过悄悄走，又怕两位老人担心和生气，要是表叔公为了找我长时间不回家，舅祖婆年岁太高可不行，我也只好数着天日等着。在第二十天的下午，我正在与伙伴们玩着跨水沟比赛的游戏，爸爸来了，见到我说的第一句话是："死女，你呀你……"爸爸告诉表叔公和舅祖婆，他们在家等啊等盼呀盼还不见我回去，特别是我妈妈饭不吃觉不睡地等着我，以为我忘记下火车走丢了。爸爸说没孩子消息的日子实在难熬，才赶紧走路啊爬货车呀一路上转了好几次才赶来。爸爸说他赶完山路到街上时，每天只有一趟的客车已经过了，刚好有一辆空着的翻斗货车要开往遵义方向，爸爸告诉司机他要急着赶往遵义城找孩子，请求搭一下车，但什么好话都说尽了，司机还是不同意，结果车一启动，爸爸就从后面爬了上去。爸爸当过兵，参加过抗美援朝，爬个车不算啥。半路上货车又去了一个厂。爸爸下车后再走一段路，又爬了一辆车。就这样曲曲折折地才赶来。当他看见我在这儿玩得很好时，一颗悬着的心才落了地。第二天天一亮，我们就赶紧回家，想早点让我妈妈和哥哥悬着的心落下来。

我和爸爸回到了家里，全家人立马由阴转晴，又回到了之前一家人苦中作乐的平静日子。

还是现在好哇，分分钟就能把信息传到，何至于让一家人这么焦急啊。

2020 年

舅祖婆的尖尖脚

　　我七八岁时去舅祖婆家玩，舅祖婆是尖尖脚，老穿两双鞋，尖布鞋套双小草鞋，从没见她脱过袜子，睡觉也不脱。

　　我和舅祖婆睡觉时，老喜欢摸她的脚尖，量她的脚板长度，还告诉舅祖婆，她的脚没我的小手掌长。舅祖婆就给我讲她小时候缠脚的事。在她还四五岁时，她的妈妈就用布带把她的脚缠着不让它长长，并且要把大脚趾缠断让它弯着，慢慢地弯曲到脚掌上，其余四个脚趾也要缠弯下去不让它们长长，久而久之，大脚趾就把脚掌压了个趾窝长在了窝里，其余四趾也弯曲在脚掌上，这样就长不长，变成尖尖脚了。我问她痛不，她说当然痛了，痛时双脚蹬墙壁上，不能叫，如果叫的话，更要紧缠，那就更痛，母亲总说女人就这命，哭喊是没用的，大脚嫁不到好人家。我听着舅祖婆的缠脚故事睡着了。

　　天亮起床后，我出于好奇，缠着舅祖婆，非要看她尖尖脚的真面目。太阳出来了，舅祖婆叫我给她烧半木盆洗脚水端到太阳坝，把她坐的竹片凉椅抬出来安放在水盆边，她慢慢坐到凉椅上，先脱下草鞋，后脱下尖尖布鞋，再脱掉一双棉线长袜，才慢条斯理一层一层地解开裹脚布。做完这些程序，才用看不到趾头的尖尖小脚试了试水温，放到热水里泡，水温低了再加点热水。我左右摇摆着观看舅祖婆那双尖尖的小脚泡在热水里的脚趾，但总没找着。舅祖婆自觉泡舒服了，才把尖尖脚分别一只一只抬到木盆沿上用抹脚布擦干，这时我才看清舅祖婆的脚趾全藏在脚掌下面。这时舅祖婆让我用剪刀给她修剪尖尖小脚的趾甲。我心里乐开了花，心想总能满足盼望已久亲眼看见尖尖脚真面目的好奇心了。

　　我坐在小板凳上，舅祖婆的尖尖脚伸向我的大腿，说她很久没剪过趾甲了，让我给她好好修剪修剪。当舅祖婆把脚伸向我的那一刻，我的心好像被撕了一下，打了个寒战，看到她脚上的五个趾头都不同程度地弯曲在脚掌下的每个趾头窝里。我握着舅祖婆的尖尖脚有些害怕，不知从哪个趾头开始剪，傻傻地看着舅祖婆的脚。"傻丫头，愣什么愣，趁趾甲还是软软的，快剪呀。"舅祖婆的话让我回过神来，用我的左手指从舅祖婆脚掌里的大脚趾窝里把大脚趾小心翼翼地慢慢搬离大趾窝一小点，我的脑袋向下偏着，眼睛盯住搬起来的大脚趾。舅祖婆的大脚趾跟上面的趾甲都很白，我扳着大脚趾很慢很小心地朝上仰一小点，让我的左手二指头从她弯曲的能活动的大脚趾关节处与我的左手拇指把舅祖婆的趾甲部位拧起来，才用剪刀轻轻慢慢地修剪着趾甲，生怕再次弄痛舅祖婆的脚，让她回到缠足的痛苦中。就这样一个一个趾头地修剪着趾甲，舅祖婆给我讲着她年轻时爱美的故事。不是吗？这尖尖小脚就是"爱美"的见证，那时她母亲总说把脚缠得越小就越漂亮，长大了就能嫁个好人家呀。我问舅祖婆把好好的脚趾都缠断了，长成这个样子挺吓人，得裹脚穿两双鞋，走路又慢，还不能跑，这个尖尖脚美吗？舅祖婆骂我说："臭丫头，你生在新社会好哇，不受这份罪呢！"我跟舅祖婆说话间，双脚指甲已修剪完毕。舅祖婆用手指摸摸每个修剪过的脚指甲，感觉有没修剪到位的，又叫我再帮她修剪修剪，直到她觉得满意后才让我递上裹脚布一层层裹上，再穿上一双棉线长袜，把尖尖布鞋穿上后再套上一双小草鞋，然后才站起身轻松地走动着。

过去，我们常念一首童谣："老婆婆，尖尖脚，汽车来了跑不脱。"自从看到了舅祖婆的尖尖脚以后，我再也不念这首恶意的童谣了，也不准身边的同伴念。

2020 年

采蘑菇

夏天一到，常会见到雨滴切割着阳光闪亮着下落的太阳雨天气，这种天气最利于菌类植物生长，因此是山里采蘑菇的最好时候。我在山里长大，采蘑菇是我们孩提时必不可少的一项活动，这项活动曾带给我们不少快乐，并且沉淀在记忆里。

山里出生的孩子，在三四岁时就跟着哥哥姐姐们上山采蘑菇了，到了五六岁就能大概分辨哪些蘑菇能吃，哪些蘑菇不能吃，并能独个儿到山上去采，还能一一叫出它们的土名。

那时我们经常是在 10 点至 12 点这段时间去采蘑菇，因为这时林子里露水已尽，太阳还不太暴烈，是一天中采蘑菇的最佳时段。采蘑菇得讲"运气"，假如那天运气好的话，在两小时内就能采个十斤八斤上好的蘑菇；假如运气特别不好，连一个好的蘑菇都找不到也有可能，但必定回数很少。在我们认识的蘑菇中，认为最好吃的，是长着一只粗腿的大脚菇、腿脚麻不拉叽的麻脚菇、"枝丫"纤细的刷把菌、碰着就冒"牛奶"的奶浆菌等。至于易脆而戴红盖头的红菌、全身粉白的石灰菌、头青鼻肿的青塘菇、头上冒油的油纳菇等杂菌，却很少有人采它们，只有三四岁的小孩子们才采些回去当玩具。最最好吃而又最最神奇的要数三盘菇，这种蘑菇腿脚特别细长而有韧性，许多只聚生在一处，而且只要发现了一处，附近必然还有另外两处，所以我们才称它为"三盘菇"，是一种最不易找到的蘑菇。在采三盘菇时，我发现了一个秘密：每处三盘菇脚下的地里，必然盘踞着许多蚂蚁，我用锄头挖过好几处三盘菇都是如此。这个秘密在我心里藏了好久，它带给了我许多神秘的想象。后来我读了许多关于昆虫的书，才发现有些蚂蚁是能够自己种蘑菇来做食物的，这使我惊喜了好久。

我们常碰上一些叫不出名的蘑菇，大人们也不认识。我在采蘑菇时觉得特别好看的就把它采回家玩。我最喜欢那种长着一只弯弯的脚，上面顶着一只"大耳朵"的蘑菇。那"大耳朵"又厚又硬，表面非常光亮，颜色很深，红中带黑，还隐隐露出木纹花形，好像云彩层层环绕，漂亮极了。我不知道这种"大耳朵"蘑菇叫什么名字，只是采回家作摆设，觉得不用花钱就能获得这些既好看又好玩的东西，真是上天的厚赐。后来我读了高中，在一本《绘图植物辞典》上才知道这种蘑菇的名字叫"灵芝"，而且这种野生"灵芝"还是一种因很少见而显得特别珍贵的能治病的中药。联想起民间故事中那些费尽千辛万苦采"灵芝"仙草起死回生的情节，心中更加喜爱这种神奇的蘑菇。我家房前屋后的竹林里每年都能长出许多穿着一层半透明像网格一样薄纱花衣的漂亮蘑菇，我常把它从竹林里捡出来玩，却因为不认识而不敢吃。也是后来才知道它的名字叫"竹荪"，不但是一种身姿极为美丽动人，号称"真菌之花"的植物菌，而且还有十分丰富的营养哩。最好玩的是一种圆球状的蘑菇，如果你一脚踏在它的上面，它会立即冒出一股黑烟，使你喉咙痒得难受，还会一个劲地打喷嚏，眼泪鼻涕也流个不停，仿佛在身边爆炸了一颗"催泪弹"。当时我们叫它灰包菌，以为它不能吃，但今天我却在菜市上见到了它，它还有个很特别的名字叫马勃。在今天看来，当初的我们真是憨得很，守着好东西也不知道它的真正价值。

采蘑菇使我对包容无限、探索不尽的大自然有了更多的认识和了解，也使我在内心深处生出了对给予我们无限快乐和丰富宝藏的大自然的深深爱恋。

2002 年

打笋子

　　有一天，读小学六年级的女儿带了几个同学到家里来玩，我炒了些山竹笋招待他们，这些城里的孩子连呼好吃。我问他们知不知道笋子是怎样打来的，他们没一个人能答上来。于是，我给他们讲了我小时候打笋子吃尽了苦头的故事，也算是给他们上了一堂劳动课吧。

　　在黔北的很多山区，都盛产竹笋，竹笋的种类很多，常见的有方竹笋、水竹笋、刺竹笋等。在我生长的那个山区，以产刺竹笋为主。当然我说的打笋子，就是打刺竹笋了。

　　出生在山里的孩子，只要能劳动了，打柴、割草、打笋子、打蕨苔，是常做的活儿。在这些活儿中，打笋子这活儿是最苦最累的。

　　我九岁多的时候，大姐和邻里的姐妹们背着背篼上山去打笋子，我也要跟她们去。大姐躲着我不让我跟她一道，母亲也哄着我不让我去。我却越发以为打笋子好玩，非吵着要去不可。母亲只好叫大姐带着我一道去，还叮嘱我，叫我进林时要紧紧跟在大姐后面。

　　进林子时，我记住母亲的话跟在大姐后面，大姐一面掰着笋子，一面不停地叫我慢点。我在后面跟着，当看到前面的人漏掰的笋子，就赶紧把它掰来丢进背着的背篼里。越往里钻，林子越深，有时像拦的篱笆一样坚实。只要有笋子的地方，大姐就不顾一切往里钻。有时被刺挂着头发，把手反回来取下后，继续朝有笋子的地方挤；有时趴着，有时跪着，有时蹲着，有时人过去了，背着的背篼不能过去，就使劲地拖，实在拖不过去就放下背篼用刀使劲砍几下，直到弄过去，再继续掰笋子。反复做着很多同样的动作，直到估计时间不早了，才钻出竹林，背着笋子回家。当我和大姐快出林子的时候，我抬头看到刺网上有一条菜花蛇，舌头咬呀咬的，吓得我摔了一跤，跪在了一根干的刺竹尖上，干竹尖断在了我右膝盖下面的肉里，痛得我大呼小叫，是大姐慢慢给我取了出来，并简单包扎了一下，才领着我一瘸一拐地回了家。从此被竹尖穿破的伤口留下了未长满肉的拇指头大的一个小窝。这天我打来的笋子，剥了壳后，只够我们一家八口人下一顿饭。母亲还说我行，夸了我一番。除了膝盖下被刺破的那个洞以外，我的脚和手也被刺刮破了许多处，冒出不少的血珠珠来，梳头时头发还掉了很多。

到十二岁以后，我就自行跟邻居伙伴们一道上山打笋子了。

有一回，我跟比我大两岁的邻居姐姐一道去打笋子。我们顺着笋子多的路线，不知有过多少次跌爬滚打。竹笋倒是打了一大背，可竹林里黑压压的，还下起了小雨。当我们从林子的边沿转出来时，衣服淋湿了、挂破了不说，还找不到回家的方向了。高山的秋天下雨时，还真有点寒冷。我们正着急，不知朝什么方向走时，幸而碰上了一个上山赶牛的老大爷，是他给我们指了路。我们背着打来的竹笋翻了十多里的山路，才回到了我们熟悉的地界上。我们的父母已打着火把喊着我们的名字迎来。

我已近二十年没打过笋子了，现在想起来还觉着干那活儿实在太苦。

女儿的同学们听了我讲的故事，看着我膝盖下的小窝，一个个都有些瞠目结舌，从他们的眼神中可以看出这样的结论：那是原始人干的事情吧？他们七嘴八舌地说："阿姨，您不去打笋子不行么？""阿姨，你怎么没有手表、指南针呢？""阿姨……"看见他们的神情，听了他们的话，我心里不是滋味，很为这一代人今后能不能经受住生活的磨练而担忧。

1998 年 9 月

打青冈子

20世纪70年代，黔北的小学会放两星期的农忙假，假期中有一项任务：搞"小秋收"打青冈子。

我们家乡的山上有一种多年生灌木槲栎的果实，别名青冈子。据说这种东西在遥远的古代是人们的主食之一，含淀粉高达百分之七十，后来人们还用它来做豆腐、酿酒哩。

我上小学时，每年"小秋收"学校都要放假让每个同学上山打青冈子，返校时按年级交给学校完成任务，一年级学生每人上交一斤青冈子仁，依此类推，五年级的学生每人要上交五斤。

我们打青冈子时各自准备一根小竹棍，背上背篓，拿一个撮箕或包箩盖等工具去有青冈子灌丛的山上，专找青冈子多的灌丛，把背篓放在树下，先按下结有青冈子的枝丫进背篓口，左手压着树枝，右手拿着小竹棍使劲打树枝上的青冈子，被打的青冈子就掉进下面的背篓里。没打下的青冈子就用手捋下来，方便时就左右手同时开弓。当打上半背篓时，找个地方放好背篓，拿上自己带来的簸箕或提篼、包箩盖等，左手端着，右手拿着竹棍用力往有青冈子的枝桠上敲打，直到打下青冈子有一定数量，或装满，才倒进背篓。打青冈子时往往是男生打得又快又多，他们将一根绳子穿在包箩盖的两边挂在脖颈上，打青冈子时不用端工具，双手动起来方便，所以每次都比女生打得要多些，回家的路上也总会服气我们。

打青冈子也是一种累活，我们居住的是高山，槲栎树没有成片的，有时要走几处山坡才能打上十斤八斤。不管太阳有多大，气温有多高，我们都得穿长袖长裤，因为一种叫"八角钉"的虫子喜欢待在槲栎叶上，不管身体的哪个部位碰到了它，都会比针扎还要疼，并且会红肿起泡。还有其他毛虫也很厉害，它们的毛扎进肉里同样会又痒又疼，红肿一片，要很长时间才能消失。一不小心，青冈子上的小尖也会扎进手掌里。当然也有快乐，我们打青冈子累了休息时，找一块较平整的石头，自选一颗最好的陀螺似青冈子，摘下青冈子上戴着的"帽子"，用小竹签穿进去转着这个"小陀螺"比赛，两人一组同时开转，青冈子转圈时间长的赢，谁输了给赢家五颗青冈子作为奖品，并退出，让赢家与下一个比。有时玩着玩着会忘了打青冈子的事。

每天晚上，大人们会把我们当天打来的青冈子炒焦，用大磨磨后去壳，得到青冈子仁，晒干放着。每年"小秋收"一结束，收集好自己所有的干青冈子仁，除完成向学校交的任务，剩下的拿去代销店兑成酒背回来给父亲喝。虽说青冈子酒不好喝，喝了还"打脑壳"，但在那个年代有酒喝就是一种奢侈了，哪还有那么多讲究。

每年获得的青冈子仁数量是不一致的，这与那年青冈子结得多不多，我们够不够努力有关。我记得有一年"小秋收"下来，除了完成学校的任务外，背到代销店，每五斤青冈子仁可以换一斤酒，我收获的青冈子仁换来了十斤酒，可把爱喝酒的父亲乐了好几天。

2021 年

烧疙蔸炭

　　冬天一到就得烤火以温暖身体，烤火时我会想起 20 世纪七八十年代我们烧疙蔸炭的经历。我曾经居住的那个地方烤火用的多是自己从山里烧来的刺炭或疙蔸炭。烧疙蔸炭不但打疙蔸很辛苦，烧的过程繁琐复杂，还是个技术活。

　　烧疙蔸炭先得从山里打来疙蔸，疙蔸就是砍柴留下的树桩和下面的树根。打疙蔸就是用锄头、斧子把疙蔸全身从地里拔出来的过程。

　　如果我们一次准备烧五背疙蔸炭，就得从山里打十二背疙蔸作准备。打疙蔸是一个特别费力的活，力气小了是不得吃的，男孩子大约要在十三四岁以上才打得下疙蔸来，女孩子要十五六岁才干得动这活。打疙蔸的工具不复杂，背一把大锄加把斧头来到山里，最好是选青冈柴疙蔸打，因为青冈炭质量最高，是炭中之王。烧疙蔸炭的疙蔸是有讲究的，不打大疙蔸，最好打下的每个疙蔸在二到五斤之间，要比较均匀，因为在烧窑过程中燃烧时间的差异不能太大。选好柴桩后先用锄头挖去周围的土，然后刨出树根，如果用锄头直接挖不断的根就用斧头砍。只要把所有的树根挖断或砍尽，疙蔸就算打下来了。如果遇上有坐独根（疙蔸正下方向下伸长的主根）的疙篼花的时间就会更多，明明疙篼已经摇来摇去，就是扳不倒又看不见根，这时就得双手举着斧头往疙蔸底部一下又一下砍，要是还砍不到树根的话，就再用锄头刨根部底下的土，直到把土刨空亮出坐独根来，找个能砍根的角度用力一斧一斧砍下去，才能砍断这个疙蔸下的坐独根，遇上这样的疙蔸会花上几十分钟才能打下来。打一大背疙蔸要四到五小时。如果一天打两背的话最快也得要六天才能完成打疙蔸的任务，那就特别累。我们一般都要六到十天才能完成。

打下疙蔸后就是烧窑了。窑子也是自个挖的，下大上小像个瓮。找一捆柴火，人下到窑底点燃，再慢慢把更多干柴放下去烧，当燃起旺火时就放些打来的疙蔸下去，又放一部分干柴。等窑子里的火燃烧发堂后，再把疙蔸一层一层的装进窑子。疙蔸与疙蔸之间的空隙不能太大，得装实贴点，燃烧时才不会燃空，要不然火炭化成了灰，得到的炭就少了。疙蔸全部装完后，就看看或感觉窑子底部的火力如何。如果火力强可以马上封上窑口，要是感觉火力有点弱就这样敞着再燃烧一会儿，等火燃大了就立马封口。判断窑底火力的强弱来封窑口这一点很重要，假若判断有误，立即封了窑口，窑底的火就会熄灭，就得返工。返工是一件挺麻烦又烦心的事，一旦返工，就要把装进窑子里的十多背疙蔸弄出窑子，再重新按程序进行一次，辛苦劳累不说，还消磨人的意志，所以烧疙蔸炭要靠技术和经验，自己把握不住时，得请比较有经验的人来帮忙。

封窑口也是个技术活。封口时弄些干谷草盖满窑口，背来用刺灌木烧的碎炭平整地铺在窑顶盖着的干谷草上，铺碎炭子的用处是便于透气，铺平后的刺炭子最少也得有手掌厚，特别是窑口一周一定要把碎炭子铺到位，并捂紧，窑子里的疙蔸捂着烧出来的疙蔸炭大个头才多，如果烧时经常燃穿顶，且没有及时处置好，烧过了头，一部分化成了灰烬，出的炭会减少又小个。顶封盖妥当后就观察冒烟的状态，窑顶只要有烟冒出来，说明窑子里燃烧正常，要是冒浓烟，就是窑子里火力太大，还得加强封闭。这个时候不用担心窑子里的火会灭掉，因为氧气会通过封顶上的草与刺炭的空隙进入窑内。一般一窑疙蔸炭得烧上三天三夜。在这三天三夜，要每隔两三个小时查看一次，如火力大，快有烧穿的地方，得及时封闭处理。晚上睡觉也得定时起床察看，偷不得懒。等到窑口顶基本没烟冒出来时，得从水田挖来稀泥敷满窑口顶，密封严实。最少也得敷上一到两寸厚，不得有一丁点出气的漏洞。密封严实后五到七天打开窑顶，一窑黑得发亮的疙蔸炭就出窑了。它是用疙蔸在窑子里捂着烧出来的，所以又称它为捂炭。

疙蔸炭干燥易燃，很受人们喜爱，在当时它比用刺灌木烧的碎炭价格要高出一到两倍。烧疙蔸炭虽然很辛苦，但在那个缺衣少穿的年代，有了它冬天才不会冷得熬不住。

2021 年 10 月

烧刺炭

20世纪70年代初，也就是我十岁那年，随父母从四川搬家到黔北一个偏远的高山顶定居，那里冬天非常寒冷，又无煤无电，只能从山上打来柴疙篼在灶门前烧着取暖，或在山上砍下荆棘烧成刺炭弄回家放在火盆里烧着取暖。

寒假期间，我们这些学生娃也免不了要干烧刺炭的活儿，就是到荆棘密集的山里砍下一片来烧成炭子，背回家取暖用。这种刺炭长不盈寸，粗不及手指，像碎石子一般。

烧刺炭是一件很辛苦的活儿，要到山里找到一处取水方便一些的荆棘林坡地，再选到密集的荆棘丛，从坡下往坡上砍，除有用的小树或树苗以外，所有荆棘都必须一应砍倒，还得贴着地面砍，尽量留下最短的桩，如砍下有较长的刺木、刺藤还得剁短，才能给下一环节省时省力。记得有一回，我砍着砍着，一刀下去，一根刺弹到我右眼角的太阳穴上，又反弹回去，使我的眼睑顿时感觉疼痛了一下，右手一摸便沾满了鲜血，原来太阳穴被刺扎了一个伤口，流血不止，同去的小姐姐赶忙扯来止血草嚼了敷到我的伤口处才止住了血。那时物资贫乏，干活儿根本没手套戴，在砍荆棘丛的过程中，手上常常会被刺抓得旧伤叠新伤。估计砍得差不多了，我们才各自把砍时专门挑选出来的带杈的木棍拿在手里，把刚砍下的荆棘全部从坡的上部叉着往下翻，翻的时候不能落下一根，所以会越翻越多。如果遇上平一点的地方，翻着翻着就翻不动了，只有同来的兄弟姐妹相互帮忙才能完成，如果遇上坡度较大的地方，翻着才不太费劲，但推着翻的时候要特别小心，不然自己也会随着惯性滚下山坡，那一定会摔得遍体鳞伤，甚至筋断骨折，痛苦不堪。

把砍下的所有材料翻滚到位后，就是烧了。烧的时候我们得捡拾些干草树叶等易燃柴草放到材料的中心处点燃，先把易燃材料一点一点传进去，待到火越燃越旺后，才把砍下的荆棘一下一下叉翻到旺火上去烧，到了这时，材料越多火烧得越旺，只等你不停地叉翻着所有荆棘翻往火里。在最寒冷的季节干这样的活儿也会大汗淋漓，每个人的脸都会被烤得红扑扑的像关公一样。所有荆棘快烧结束时，先得把未燃过的部分通通叉到炭火边缘让它燃烧，给已完全成炭火的部分浇水。浇完第一次水，炭与燃着火的部分就会有相应的分界。再浇第二次水，然后又分出燃烧的第二部分，同时再给分出的炭火洒水，未燃尽的让它在一边慢慢燃着。给炭火洒水两次后，第三第四次只浇炭子里发出火星的部分，直浇到再也没有火星为止。但也不能洒太多的水在炭子上，要不然炭子会变成水浸子，弄回家放到火盆里也不太肯燃，烤着这样的炭火挺烦人。等刚熄灭的炭子冷却一段时间，全没了火星，才用手刨刨炭子试试烫不烫手，不烫手了才能装进背篓里。

有时在背着炭子回家的路上，背篓里还会冒出青烟，燃起火来，弄不好还会烫着背炭人的背。如遇这种情况，得立刻放下往背篓里浇水，如果取水不便，得赶快把炭子倒在地上，先扑灭背篓上的火，再取水灭炭子的火。不然，会既烧坏背篓，又浪费炭子，还费时费力。烧刺炭发生这样的事是常有的。背回家的炭子一定要倒在泥巴地上冷却，以防死灰复燃。

烧刺炭这活儿真的特别辛苦，但我在烧刺炭的过程中学到了一些劳动技能，还养成了吃苦耐劳的习惯，是很值得的。

2021 年

童年的醉意

　　每个人在孩童时，都有满满的好奇心，对新奇的事物总想触碰一下。

　　从我记事起，只要家里有酒，吃饭时父亲总要慢品一杯。父亲喝酒的样子使我感到他特别享受。

　　如有成年的男性近邻到来，不管那人大他三十岁还是小他二十岁，只要家里有酒，父亲便会从泡菜坛里夹几根酸豇豆、酸萝卜或泡辣椒等咸菜，与近邻就着咸菜，你一口我一口地喝上一阵，仿佛特别美味。尤其是有亲戚朋友来访时，父亲更是顾不得家庭贫穷，总会催母亲弄两道像样的下酒菜，如果家里实在找不出肉来，父亲能把仅有的生蛋母鸡杀了，做成美味摆上餐桌。我母亲其实不舍得杀生蛋母鸡，因为一家老小吃盐得靠这个造蛋工厂哩。

　　记得有一回从四川老家来了个亲戚，是父亲的表弟，我们管他叫"爷"。当时家里没酒，父亲便拿给我柒角钱和参加志愿军抗美援朝得来的军用水壶，让我去大队代销店打斤酒回来招待客人。我们家住在山上，去打酒一个往返最快也要两个多小时。我跑着下山去大队代销店，谁知却店门紧闭，又跑了十多分钟去店员家里喊他，却又说他到区供销社开会去了，今天不能回来开店门了。我没法，只好遗憾地背着空水壶往回家的路上赶，心里总浮现出父亲万分失落的样子。果然，父亲因没能让远道而来的亲戚喝上他的酒，吃着饭也没滋没味的，还叹了几次气。亲戚走后，父亲自责了好久。

看着父亲那么爱酒，我便懵懵懂懂地认为酒是很重要的东西，是待客的上品，是交友的珍物，是美好的陶醉，于是便想亲尝一口酒的味道，可父亲总说不让女孩子喝酒，我也就久久没有敢动口。后来我心想，父亲能喝酒，哥哥能喝酒，我为什么不能喝酒呢？

有一天，机会来了。那是一个星期六，上了半天课后我便回了家。大人们都出工干活去了，我吃完饭后突然想起了酒，便不自觉地找到了父亲的军用水壶，摇一摇，里面正好有大半壶从四川带回来的高粱酒，我又取来父亲常倒酒喝的搪瓷茶缸，倒进半茶缸酒，咕噜咕噜地喝到了肚子里，连气也没有换一口。当时只感觉喉咙辣辣的，没别的味儿。喝了酒后，我立马背上背篓跟邻居符姐姐去山里砍柴了。我走在路上轻飘飘的，脚站不太稳，高一脚矮一脚，好像路不够宽。我跟着符姐姐歪歪倒倒地到了林子里，放下背篓正准备砍柴时，哗啦一声便"现场直播"了。符姐姐说："萍乖，你吃火酒的呀！""嗯。""挨刀的，你吃了好多酒哟？"说罢，我便躺在林子里呼呼大睡起来。符姐姐砍好她自己的一背柴，还给我也砍了一背柴。后来我是怎样把这背柴背回家的，至今我也不清楚。

父母收工回到家，到晚上也没发现我偷酒喝的事，使我躲过了一顿棍子。过了这一次，我就能喝酒了，到高中毕业时便与十几个男女同学一起喝了好几杯哩。后来跟先生一起走远路时，疲累了也会喝几两柜台酒解乏。再后来父亲开商店卖酒，进酒时我也会品一品，感觉一下好不好喝。我有了自己的家后，到我家来做客的亲朋好友，有好喝酒的，也总会被我放倒几个。

这次偷酒喝的经历，使我的童年增添了一抹朦胧的"醉意"。

2023 年 5 月 29 日

前些天去大姐家，正遇她家养的一头黄母牛跟它的小牛在外放牧，大姐见我到了，急忙赶开牛说："这牛认生，它见到不认识的人会跑来顶撞，很危险的。"这使我想起了四十年前遇到的几个恐怖的摔牛事件。

我上小学时一个初冬的早晨，我刚把自家黄牛赶出牛栏，邻居家孩子也把他家三头黄牛赶来了。四头牛在我家房后一挤，我家黄牛便被挤下了高坎。它先是摔到了坎下的小路上，又从小路再抛到了下面的水田里。哥哥赶忙下到水田里把它慢慢牵出来。它的右前腿齐膝盖被摔断了，成了一头三足牛。目睹了整个恐怖过程，我被吓得哇哇大哭，还浑身发抖。打那以后我就特别怕牛，再也不敢放牛、赶牛了。往后的日子里，我尽管离牛远远的，却仍然遇上了几个恐怖的摔牛事件。

我上初中时的一个寒假，学校补课到腊月二十六日下午四点才结束，然后我从学校背着母亲留下的一背洋芋种回家。我家离学校有十多公里山路，要走三小时左右。我背着洋芋一路爬山，只在累得上气不接下气时才肯放下背篓歇一小会儿。天渐渐黑下来了，但离我家还有大约两公里路。我走在一条水沟边，心里正害怕着，却听到另一条山路上传来了说话声，而且听声音离我很近，我兴奋得将背篓挂在就近的土坎壁上休息着，面向沟边山上传来的说话声大喊："是哪些——快下来——我等你们。"可等了一会儿，却没了说话声，我又大声喊，还是没回应，也不见有人影走近，这使我心里更加害怕，立马背起背篓弓着背在山路上小跑起来，心脏"扑通扑通"直跳。当跑到一座水库边时，一头撞上了路中央一堆又黑又软的东西，吓得我差点没接上气来。待我回过神，定定心，又跑着离开了那堆东西。到家后，母亲见我脸色铁青，赶忙问我原因，然后告诉我那是郑家的一头大水牛从山上摔下来，死在了路上，队里还没来得及处理。这一夜，我一直恐惧着。

春播季节，我为了星期天多帮家里干半天活，便于星期一天未亮打着葵花杆火把走在那条下五坡转八弯的山路上，赶到学校去上早自习。走着赶着，天开始发白，我扔下火把走完了半山腰沟渠拐角处，突然听到"妈"一声大哭，吓得我一屁股坐在了地上。天刚蒙蒙亮，到处都还看不太清楚。我定了定神，拍了拍胸口，顺着那伤心的哭泣声寻去，发现在拐角处十多米的高坎下，一个包白头帕的妇女背着背篓，旁边丢着一把锄头，趴在地上一头已经咽气的黄牛肚子上哭得死去活来，原来是她家的牛摔死在山上了。看清楚后，我没敢多打扰那位痛哭的妇女，带上心疼和恐惧悄悄离开，小跑着向山下的学校赶去。那一整天我都不能静下心来听老师讲课，脑子里总绕不过那痛哭的妇女与摔死的黄牛。

又一个初冬时节的某天放学后，我还是走着那条山路回家，当我快要走到上回天刚麻麻亮妇女哭牛那个地段，大老远就看见一头黄牛从半山坡上纵跳着飞快冲下山来，我害怕极了，不敢朝那个方向的路上走，只得趴在离路段不远的一处田壁，生怕牛跳下来撞上我。结果我没见着牛的身影了，却听见一声沉重的闷响从山下传来，吓得我趴在田壁上一动不动。一切声音消失后，我才提心吊胆地跑过了那段路。当我冲过拐角处，来到半山腰的一段沟渠上时，只听见山下有人大声吼叫着："谁家的牛摔岩啦？"听得我毛骨悚然。

这些恐怖的摔牛事件，都是因为人们居住在山高路陡、险峻难行的地方导致的啊。至今四十多年过去了，每当我想起这些恐怖的摔牛事件，仍然心跳加速，恐惧陡生。

近几年，我的老家已建成了硬化公路，危险地带还加了护栏，许多人家搬迁到了城镇的移民社区。虽然我仍然经常回老家去看看，但都是车去车来，再也没有见到过恐怖的摔牛事件了。

在我心中，那时的我常常问现在的我："你们咋过得这样幸福呢？"现在的我回答说："这都是经济发展、社会进步、国家强盛带给我们的美好日子啊！"

2023 年 11 月 29 日

冬天的魅力

我家住在高山上，冬天很冷，冰冻起来十天半月不融化。每当寒冷袭来，最吸引我的，是灶前的火坑，以及坐在火坑边烤着火给我们讲故事的父亲。

那个年代，我们那里各家灶门前都有一个用石头砌成的火坑，七八寸深，半圆形，大小不一，专供冷天烤火用。入冬以后，夜长昼短，寒冷无比，有时长达两个多月。白天没活干，大家便去山上打些疙蔸背回家，架在火坑里烧火烤。晚饭后，我们四姐弟争着把碗洗了，立即将柴疙蔸放进火坑烧起来，把父亲拉到火坑前最好的位置坐下，再给他泡一缸浓茶，然后挤在一起，催他早点给我们讲故事。大姐和母亲也坐过来，借着微弱的煤油灯光边做针线活边听父亲讲的故事。父亲从孙悟空自石头里蹦出来讲起，每晚一节，有时经不住我们恳求，会再讲一节。

第二天放学路上，我和弟弟妹妹们又会把头天晚上从父亲那里听来的故事讲给同学们听。特别是孙悟空一跟斗能翻十万八千里，扯一根汗毛用嘴一吹可以有百般变化，还有要大变大要小变小的如意金箍棒，还有唐僧师徒西天取经路上孙悟空三打白骨精，还有孙悟空变成蚊虫钻进铁扇公主肚子里抓肝捞肺，让她肚子疼，才借到芭蕉扇扇灭火焰山等故事。从我有故事讲后，放学路上忙着赶路回家的同学放慢了脚步，慢吞吞地跟在我后面听着。还总有人用南瓜子、葵花籽、烧鸡蛋、饭粑团等食物"贿赂"我，想听我讲故事的哩。有一次，我正讲着唐僧师徒饿得不行，猪八戒出去给师傅找吃的东西时，一个大我两岁的明姐在路边田壁的草丛里取出裹着白布的东西说："变变变，这是孙悟空变戏法送来的一土巴碗白米饭，妹妹快吃下，有劲爬岩口讲孙悟空的故事。"我接过白米饭，不顾冰冷，跟大家一起，你一口我一口吃起来，吃完了又继续开讲。

以后好多年的冬天，近邻的伙伴们吃过晚饭，都打上火把来到我家，挤在我家火坑边，听我父亲讲《西游》《水浒》《三国》《聊斋》。父亲讲到精彩处，火坑边的笑声和掌声便一浪高过一浪，特别是讲到孙悟空的故事时，男孩子们还会找来根柴棍当金箍棒比画一番，嘴里叫着"老孙来矣"。讲到《水浒》里的一百单八将时，大家都恨透了宋江这个人物，都说就是他投降害死了好多英雄好汉。《三国》里的关羽、张飞等等英雄形象便在那时定格在我们心里了。

凡是在我家听了故事的伙伴，又都当起了这些故事的传递者，一个传两个，两个传四个，头天听来的故事，第二天就会在学校的同学们中间流传起来，甚至传出了五花八门的多个版本，使很多同学都能享受到一顿故事大餐。

是我的父亲和我家的火坑，使我们童年时的冬天充满了无限魅力。

2024 年 1 月 15 日

除夕夜的疙蔸火

有一种年俗叫"三十晚上的火，十四晚上的灯"。

母亲在世时，我家除夕夜总要弄一个大疙蔸放在灶门前的火坑里烧出旺火，一家人围着火坑烤火守岁。疙蔸是一年中打下，最大并专门留给三十晚上烧的那一个。母亲总说三十晚上火烧得旺，来年才会事事兴旺，火坑里燃烧的疙蔸越大，来年的过年猪也越大。那些年，我家年年除夕夜火坑里都会有大疙蔸烧着，一家人烤着旺火，吃着瓜子糖果，守岁熬通宵。到了零点时，我要打着火把给哥哥姐姐照明，去井边抢回一挑"金银水"，待天亮时煮汤圆吃。

从我记事起，三十晚上烧的大疙蔸都是哥哥从山上打回来的。哥哥说打疙蔸是个力气活，还要有技术，特别是打几百上千斤重的大疙蔸，只使蛮力不讲技术可不行。

记得有一年夏天，哥哥在一个叫老林的山上发现了一个挺大的疙蔸，决定打回来做当年除夕夜送进火坑的"礼物"。哥哥每天都背着锄头、斧子和钢钎去老林打那个大疙蔸，我和弟弟也常跟着去一边砍柴一边观战。哥哥先用锄头围绕树桩一周刨开泥土，找到树桩下伸进泥土或石头缝里的根，然后在树根连接树桩适当的部位用斧子砍断，又顺着树根掘开，把这棵疙蔸根子砍下来。随着时间的推移，一根根疙蔸根子被哥哥砍下来弄回了家。大多数的疙蔸根子是自中心横向伸进泥土的，这种横向的疙蔸根子比较容易掘开砍下，但有些竖着伸进泥土深部的座底根就难以砍断了。首先要在疙蔸下挖开很大一个洞，用钢钎或錾子慢慢凿去根部底下的泥土，有时因空间狭窄又加上疙蔸本身很庞大，遮挡了视线，很难看清根子，也很难操作，只好用斧头试着砍进去，看能不能砍到那根竖着长进泥土的疙蔸根子。哥哥说有时一砍一个准，有时却会砍在疙蔸根下的泥土里，很是吃力。那得一会儿挖，一会儿凿，一会儿砍。砍时要一会儿蹲着，一会儿跪着，累得衣服都能拧出水来。哥哥使出浑身解数，花了半个月时间才砍断了那根座底根，大疙蔸也终于失去"依靠"，乖乖投降了。然后哥哥又请来两个壮劳力帮忙，把那只大疙蔸推着滚到了山脚。大疙蔸在山脚干着，蒸发了水分后，哥哥又叫上三个大力气的小伙子，四个人一起，流了几身大汗才抬回了家。

那年腊月三十还没吃年夜饭，我们一家老小八个人便迫不及待，一齐动手，把哥哥辛苦打下的大疙蔸搬进火坑烧起来，烧得红红火火。年夜饭后，一大家子烤着旺火，剥着母亲特地留来守岁享用的葵花籽，你一言我一语欢快地唱起"我们的明天，我们的明天，一定杀个大肥猪哟……"。母亲笑得前仰后合，热泪盈眶。

春节后，哥哥结婚成家，跟嫂子去城里定居了，把来年打大疙蔸待除夕夜烧旺火的重任留给了小弟。

过了年，我家的"滚噜子"（母亲给小黑猪取的名字）在母亲的精心饲养下长势很好，半年不到就有百多斤重了，到年底，"滚噜子"给我家贡献了三百多斤肉哩。母亲总乐滋滋地说，我家除夕夜烧了个很大很大的疙蔸，今年就杀了这么大个肥猪，真是应验了。

很多年过去了，父母和哥哥都早已做了古人，我们再也没有于除夕夜烤上那旺旺的大疙蔸火了，但那除夕夜的大疙蔸火却永远在我的记忆深处燃烧着。

2024 年 1 月 29 日

两虫记

掏地牯牛喂蚂蚁是我们小时候的"潮玩"之一。

地牯牛学名蚁狮，是一种灰不溜秋，仅有半粒黄豆大小的小虫子。它们有"电钻"功能，常在檐下、墙脚、岩腔、山洞等雨水淋不着的干细泥沙上钻成一个一个漏斗形小窝窝做陷阱和栖处。这些小窝窝直径一到三厘米，深一二厘米不等，十分规则、美观，像精湛的艺术品。钻好小窝窝，地牯牛们便各自潜入自己窝窝底部的细沙里候着，如有蚂蚁等小虫子顺着松动的细泥沙滑落漏斗中，便弹开沙泥伸出头部的大钳子，夹住送上门来的小虫，吸尽体液，饱餐一顿。

盛夏时节，大人们上山干活去了，小孩子们便聚在一起，寻着漏斗形窝窝掏出地牯牛来，请蚂蚁们来吃朒朒（方言 gǎgǎ）。我们每人准备一根小棍拿在手上，不分男孩女孩，各自趴在房檐下或墙脚根，找到漏斗窝窝，专心致志地掏着。我们掏地牯牛时还要念"咒语"，有念"地牯牛，地牯牛，赶紧出来喝酒酒"的，有念"地牯地牯牛牛，请你出来吃虫虫"的，还有念"地牯牛，地牯牛，快点出来喝酒酒。喝醉了，退着走，退着退着摔跟斗"的。我们把掏出来的地牯牛放在空着那只手的手心里。地牯牛被掏出来后总会装死，蜷缩在我们的手心里一动不动，但它们感觉没有危险时也会爬一爬。奇怪的是它们总是向后退着走，先前做沙窝窝，也是这么退着，转着圈儿做成的，有趣得很。

掏地牯牛也要碰运气，在同等时间内，有的伙伴一只也掏不着，而有的伙伴却能掏出好几只来。运气特别好的伙伴，还能从一个漏斗窝窝里掏出两只地牯牛哩。开始掏地牯牛起，最先掏着的小伙伴总要高声叫喊："掏到地牯牛了！掏到地牯牛了！"大家都会一跃而起，跑来庆贺，还七嘴八舌地问："你念的什么咒语哦，让大家也念着快点掏到地牯牛吧。"最先掏到地牯牛的小伙伴总是故意卖关子，拖长声音说："咒语嘛——掏！掏！掏！"于是大家跑得比兔子还快，迅速趴到自己的位置继续念着掏着。接下来，会有第二人第三人第四人报告掏到了地牯牛。

掏一阵地牯牛后，快乐就要转段了。伙伴们会集中到院坝边的石梯前分享各自手心里的地牯牛。掏得最多的伙伴会成为当天的宠儿，不管谁从家里带有美食都得先给他或她吃。掏的数量最少，甚至一只也没掏着的小伙伴则很失落，然后得去石梯的缝隙处寻找蚂蚁洞，为下一阶段的玩法做好准备。

蚂蚁洞一找到，小伙伴们便围过来挤在一起，献出一只地牯牛放在蚂蚁洞口外不远处，然后弓着腰蹲在地上，几双眼睛紧盯着蚂蚁洞口。如果是黄丝蚂蚁的小洞，大家会异口同声地一遍一遍念童谣："黄丝黄丝蚂蚂，请你嘎公嘎婆来吃朒朒。坐的坐的轿轿，骑的骑的马马。大的不米细的米，牵起掮掮一路来。"念着念着，真的会有三两只很小的蚂蚁闻着肉香爬出洞来，将不远处那只装死的地牯牛团团围住，还爬到地牯牛身上嗅一嗅。不一会儿，一只小蚂蚁返回洞中，引出无数同类，牵线一般爬向地牯牛。小蚂蚁们一齐行动，拖的拖，顶的顶，硬是把对它们来说是庞然大物的地牯牛搬进洞中当成了美食。

接着我们会继续找到好多处蚂蚁洞玩同样的游戏。要是找到的是大黑蚂蚁的洞，大家念的童谣便是："大蚂乖乖，快出洞来。吃下脑脑，长得帅帅。"念着念着，就有两只又黑又大的蚂蚁闻着肉香爬出洞来，去咬装死的地牯牛。一会儿，其中一只蚂蚁会返回洞里引来多只大黑蚂蚁，咬着地牯牛拖着抬着搬进洞去。如果我们继续投放地牯牛，还会有多只大黑蚂蚁爬出洞来搬回去。这种大黑蚂蚁不怕累，搬运地牯牛的速度也很快。伙伴们有时想跟大黑蚂蚁多玩一会儿，便故意把地牯牛放到离大黑蚂蚁洞口远一点的地方，让它们搬的时间长一些，搬得辛苦一些。大黑蚂蚁们可是来者必收，不管给它们投放多少只地牯牛，也从来不会留一只在洞外。

这个世界真是太奇妙了，本来是藏在沙窝窝里吃蚂蚁的家伙，离开了那个美妙而精致的沙窝窝，就反倒成了蚂蚁们的美食。

掏地牯牛喂蚂蚁是我们小时候最爱的"潮玩"之一，使我们既了解到了地牯牛和蚂蚁的习性，又获得了无尽的乐趣。

2024 年 3 月 12 日

亮杆

我小时候，手电筒很珍贵，不是家家都有，所以亮杆便成了山里人家照着走夜路的主要耗材。

我们那里的亮杆是用向日葵杆制作而成的。那时，生产队的土地里兼种有向日葵，每年农历的八至九月收完了向日葵果实后，砍下它的杆，用篾条或藤子一捆一捆绑紧，按户分到每个家庭，由各家扛回去自己制作亮杆。人们会在冬水田里挖一个坑，将向日葵杆放进去，压上石头或稀泥，不使其露出水面。最好是泡在留作第二年育稻秧的水田里，让向日葵杆泡出来的葵花油肥田。等向日葵杆在水里泡过一个冬天，到来年开春天气变暖时，弄开压住向日葵杆的石头或稀泥，将浸泡过的向日葵杆一根根取出来，在水里摇荡几下，使向日葵杆的皮和心脱掉，变成无皮无心的裸杆，有脱落不干净的，也要用手指捋下它的残皮，抠掉它的残心，然后洗净扔出水田，待晒干后捆起来弄回家放在猪圈顶或牛栏顶上，就成了人们赶夜路时用来照明的亮杆了。亮杆根根雪白、轻巧，看着使人感到很亲切。

我的小学和初中时代，除了上学读书外，最好的业余生活是追着看露天电影。露天电影都在晚上流动放映，今天在这个大队放映，明天在另一个大队放映，后天又去第三个大队放映，然后要半年或一年再巡回一次。我们追着去看完电影后，就得点燃亮杆，发出亮光，照耀着路面，使我们能顺利地返回十里八里远的家中，因而亮杆也是我们那时的必须和最爱。

我上小学的时候，如果电影队要来我们大队学校的操场坝放一场电影，放学集合时老师就会通知学生晚上放电影的时间。放学路上我们便一刻都不停留，几乎每个同学都是跑着回家的。回到家后赶紧忙完家里安排的事情，待父母收工回家，才把要放电影的消息告诉他们。这时，母亲便会用最快的速度煮饭吃，尽量不耽误我们去看电影，父亲则会给我们准备好看完电影回家时照明用的几根亮杆。吃过饭，除母亲看家外，父亲便拿上亮杆陪着我们姊妹四人朝山下的学校走。路上的人越聚越多，大家都兴高采烈，欢呼雀跃。那时只要听说哪个大队要放电影，相邻大队人家的老百姓都会赶过去看，特别是年轻人觉得放电影是上天的恩赐，哪怕看完电影已经很晚了，回家的路上要借着亮杆的光走很远的夜路，也为能看上一场露天电影而喜悦而庆幸。

电影一放完，人群里就点起了亮杆，有的高高地举向路外，让没有带亮杆的人也能借着光，挨挨挤挤地走在回家的路上。人们还边走边议论着今晚的电影如何如何，有时还为某个角色或某段故事争吵不休。走到一个岔路口，会分流一部分人及亮杆，再走到下一个岔路口，又会分流一部分人及亮杆。走着走着，分支会越来越多，同路者会越来越少。当我们攀上崖顶，回头向河对面的半山坡看去，便会看到数条"火龙"向各自的方向游去，形成一幅奇绝的夜景。但那样的夜景不会常有，因为流动电影要半年或一年才能流来一次。

我上初中时跟三妹均在离家10公里以外的学校读书，而且方向相反。星期天为了帮家里多干些活，往往要干到天黑，当天去不了学校，我便于星期一早上天还未亮就起床，用亮杆照明送三妹走一段山路，直到天开始发白，才熄掉亮杆朝反方向我读书的学校赶去。

另外，或有人家做红白喜事、修房造屋，或生产队要开会，或有其他事要赶夜路，人们也会在收工后打着亮杆去去来来。

今天的人们已经不再使用亮杆了，但它那时燃烧着给我们带来光亮的事情，它在电影散场后形成的奇绝夜景，都使我一辈子不敢忘却。

2024 年 6 月 29 日

弹指一挥间，几十年过去了，上小学中学时跟同学们一起玩耍、打闹的一些有趣故事还历历在目。

锯　笔

我上初一时，同桌是个男生，是邻近大队小学毕业分来我们学校读初中的，姓李，个子小，但很精明，喜欢说话和交友。

半学期不到，我们就相处得很融洽了。一天做完课间操，回到教室等下一节上课的时间，我说茅草都能锯断钢笔，他不信，于是我要马上锯给他看。游戏规则是：一是愿意出钢笔的人一旦钢笔被锯断了，不得叫人赔笔；二是拿笔人的双眼得让人用手蒙上，并让另一个同学拿上茅草在钢笔上锯；三是不准有人笑，只要有一人发出笑声，钢笔就锯不断。听完规则，我的同桌男生便取出书包里的钢笔拿在手上说锯他的笔。我走出教室，在旁边土坎处掐来三匹新鲜茅草拿在手上，回教室递给前来帮忙锯钢笔的另一位男同学。我坐在自己的课桌上，同桌男生坐在他座位的木板凳上，周边围满了观看结果的同学。游戏开始，让同桌男生闭上双眼，我伸出双手，以同桌男生鼻梁梗做分界线，蒙住他的两只眼睛，同桌男生用双手握住钢笔的两端，帮忙锯钢笔的同学先拿过一匹茅草穿过我同桌同学的两手握笔的中间钢笔杆，像拉锯子一样锯起来，围观的同学们紧张地盯着，一会儿向上看看我和蒙着双眼的同学，当谁不经意间看见我的手指在同桌额头鼻梁上移动时，便会大笑起来，我赶忙说不准笑，一笑钢笔就锯不断。本来围观的同学中有专注看茅草锯钢笔动作的，可这一笑，会引得他们全都抬起头来看着我蒙住同桌眼睛的双手，我趁机松开手说："这下锯不断了。"这一下，围观的所有同学都大笑起来，连眼泪都笑出来了。原来，同桌的额头、鼻梁、眼角都粘上了墨水，成了大花猫，但他自己看不见，还跟着我一起怪同学们乱笑坏了规矩，害得钢笔没锯断。上课铃声一响，老师走了进来，在"起立""坐下"声中，老师也笑了，让同桌赶忙去食堂洗脸。

新冠之前我回了趟老家，跟同学们打听同桌，他们说我的那个同桌因生病已经走了，我心里"咯噔"了一下，想着我还欠他一句道歉哩。

玩泥团

玩泥团是我们上小学时最快乐的游戏。

我们的家离学校较远，在放学回家的路上要走一小时左右。回家路上，我们有十多位大大小小的同学走在一起，要经过一个叫坟坝子的地方，那儿有块泥田，我们不分大小，都喜欢从泥田里抠出一坨像糍粑一样的泥巴，揉搓成大汤圆似的泥团当玩具，谁先弄好就分别抢先占领像坟头一样的三个泥土堆的顶端，便开始玩扔泥球的游戏，其余的同学各自拿着自制泥团按搓揉好泥团的先后顺序站在边上排好队，盯着扔泥团的三个人。扔泥团的三人中，要是有谁没接住对方扔过来的泥团，就自觉从"山头"上下来，换上依次排队等候的同学。正玩着的同学都希望能接住对方每一次扔过来的泥团，而排队的每一位却巴不得扔泥团的三人中每扔一次泥团都有人接不住。就这样，泥团在同学们眼前飞舞着，每当这时，人人都成了快乐的小鸟，欢呼着，雀跃着。一个轮回大约需要半小时，有时候要一个小时才能完成一个轮回，跟打乒乓球差不多。大家经常玩得只知道快乐，忘记了回家的时间。等到天黑回到家，同学们有的撒谎说被老师留了，有的撒谎说因扫地回家晚了等。有一次，学校开家长会，家长们路过坟坝，看见三个土堆光滑得连草都没有长出一根，感觉非常奇怪，但他们却怎么也想不到那是我们玩泥团弄成的。

如今五十年过去了，和同学们玩泥团的快乐总让我回味无穷。

英的灰笼

英是我小学时的同桌，她温暖的灰笼带给我的快乐，让我想忘也忘不掉。

英的家离学校很近，仅几分钟路程，冬天最冷时，她总提个灰笼来上学。我和她同桌，也跟着沾光。英的灰笼钵里用红火灰盖着一节木炭，只要不早早地刨出火灰盖住的木炭，烤完一天五节课没问题。英很温和，不喜欢吵闹，烤手的时候她会把灰笼放在我俩坐的凳子之间要我也暖暖手，她烤一次脚也让我烤一次脚。我上小学时的最冷冬天，我的手和脚都没被冻坏过，都是因为英的灰笼温暖了我。课间十分钟，英会把灰笼找教室宽一点的空地放稳，让女同学们围着烤。女同学们纷纷拿出自己从家里揣来的豆子、苞谷子或谷子，丢进灰笼的火灰里，然后用小柴棍刨，等刨到豆子、苞谷子或谷子"爆炸"后，夹出来香女生们的嘴。但一次只能丢两三颗黄豆、苞谷子或谷子，因为灰笼的圆口子不大，还有点深，豆子和谷子炸开也不太好夹出来，只有苞谷泡要大一点，好夹一些，但夹的速度慢了，豆子、谷子或苞谷子会被烧煳，也不能香嘴。看见女同学们慢慢夹出烤熟的豆子、苞谷子或谷子香嘴时，男同学们会在一旁馋得凑过来舔嘴唇、咽口水。后来，男生们也会围着他们提的火盆或灰笼，烤豆子、苞谷子或谷子，由于他们抢得厉害，常常会弄成大花脸，落得女同学们笑话。

同学少年时，那些有趣的、快乐的、温暖的故事，深深地留在了我记忆的最深处，并常常在我的梦境中复制出来，带给我无尽的甜蜜和幸福。

2024 年 8 月 30 日

野百合

我的家乡有一座大山，大山的岩壁上有一个大大的山洞，山洞的上面是一片岩石，我们把那里叫作洞脑壳顶。在洞脑壳顶的石窝窝、石缝缝里，长满了野百合花。每年孟夏之际，洞脑壳顶上的野百合花便竞相开放，白色的、紫色的百合花在风中招摇着，每一朵都像一只小喇叭一样，美丽非常。因为这些花只长在岩石的窝窝、缝缝里，所以我们又叫她们岩瓣花。

我和几个小伙伴每天都要背着背篓爬到洞脑壳顶上去割猪草。在开始割猪草以前，我们要先坐在一块大石头上，任野百合花用独特的清香萦绕着我们，使我们感受到无比的享受。这时，我们会做一件事：数那些野百合花。

我们先将洞脑壳顶按人数分片，然后每人占一片，开始爬上爬下地数那些野百合花。野百合花有个特点，一年生的只开一朵花，两年生的开两朵花，三年生的开三朵花……总之，这株野百合花生长了几年，就开几朵花。我们最喜欢的是七姊妹，就是开七朵的百合花，因为那是我们心目中的七仙女，我们都说她们是天上的七仙女下凡来变成的，美得令人心醉。碰到七仙女，我们总会凑近鼻子闻闻她的花香，伸出舌头舔舔她的花瓣和花蕊上的汁水，尝尝是甜还是苦。

嗅着整片洞脑壳顶上花朵们扑鼻的清香味儿，那种享受只有身临其境的我们自己才知道，却没法言传。

一个夏日的某一天，我们分片数着岩石上的野百合花，数完后便集中到一块大石头上来合计。明姐第一个报告说，她那片共有三百二十朵花，有六株七仙女；芬妹第二个报告说，她那片有二百八十二朵花，有七株七仙女；我也报告说，我那片有三百六十六朵花，有十株七仙女；琴最后一个报告，她说她那片只有三十九朵花，大家听了都沉默了，因为大家知道琴因为要带弟弟妹妹，所以没上过学，不识数，她数到三十九又倒回去从三十数起，数来数去都是三十九朵，但琴说她找到了十五株七仙女，是记准了的，随后我们大家会帮她去数清楚。我们把数来的野百合花朵加到一起记下总数，也记下七仙女的株数，好等到以后来数时，可以比较哪一次开得多些，七仙女增加了还是减少了。

我们数野百合花定有一个规矩，只许看，只许数，只许嗅，不准摘下花朵。如果我们来一次摘一次，每人都割下一大把的话，洞脑壳顶就不好看了。赶场天走过洞脑壳顶去赶场的人们就会叹息，就会沮丧，因为只有野百合花开满洞脑壳顶，并随风招摇着才最美丽。

我们实在爱得不行时，只会摘下几朵又小又瘦最不起眼的野百合花插在辫梢上，然后像一只只美丽的太阳鸟，飞也似的跑去割猪草。

野百合是多年生草本单生植物，她们在洞脑壳顶的石窝窝、石缝缝里年年生长，年年盛开，不畏艰难，虽然因为有的地方土太薄，有的地方土稍厚，使她们长得高矮不齐，有的达两米左右，有的仅几十厘米，但她们都一样兴高采烈地开放着，把自己的美丽奉献给大自然，奉献给那些爱美的眼睛。

野百合的花期过后，会结出一些"小灯笼"，并长成棱形的果实。这时候我会挖一些长得跟大蒜头一样的野百合球形鳞茎回来交给懂些医术的父母用来配药。那时医疗条件不好，附近居住的村民生了病，都会来我家抓草药医治。我们也会刨些"大蒜头"拿回家洗净，用南瓜叶子包着，放在柴火里烧熟了，一片一片撕下来解馋，软软糯糯的，稍带点儿苦味，但也很爽口，在那个缺吃少穿的年代，也算是我们这些小馋猫可口的零食吧。

现在住在城里，不常见野百合已经很多年了，但她那不畏艰难、坚韧不拔的生命活力，与她努力奉献美丽、奉献治病救人之药的乐观精神，还时时给我以人生的启示。

2024 年 9 月 15 日

薅打闹草

　　这个夏天，大妹从乡下老家给我送过两次嫩苞谷了，我们一家享受着妹妹自己种的嫩苞谷，使我想起了大集体时代，一个生产队男女老少几十人在一起薅打闹草的场景。那时我年纪小，常常跟着大人们在苞谷地里的打猪草，同时也享受着薅打闹草的热烈与快乐。

　　在实行家庭联产承包责任制前的大集体时代，只要是土地都得种粮食，小季种麦子，大季种苞谷带黄豆和葵花。每到初夏时节，苞谷苗已长到半人高了，生产队便会安排给苞谷苗薅第二次草，即：挖些泥土给每窝苞谷壅个小土堆，使其在苞谷背包成熟时不致被风雨弄倒，减少收成，这是种苞谷的一个重要环节。为了快速完成这项任务，生产队常常把劳动力集中在一起，用唱打闹歌的欢快形式完成薅第二道苞谷草的任务，省称薅打闹草。

　　其做法是在薅草过程中，由能自编自唱的一名鼓师和一名锣师面对集中薅草的人群，随薅草节奏一会儿唱山歌，一会儿敲锣打鼓，催着这群薅草人不偷懒，赶快薅。锣师、鼓师在薅草人群的前面后退着走，他们轮流唱着山歌，同时敲打锣鼓。唱词是他们根据当时薅草人的表现灵活随意地编出来的，有激励的、幽默的、贬义的、骂人的，总之都是催促大家给苞谷苗壅土堆时要做到又快又好。如果锣师、鼓师看到有薅猫盖屎，壅不好苞谷苗土堆的，他们就要来上一段："专心薅来专心薅，不要薅些狗刨骚，你把庄稼哄过去，秋收少粮朗开交？"提醒大家薅草时不但要快而且还要认真；如果遇上大太阳晒着不眨眼，让薅草人群热得烦躁，为了缓解人们的情绪，他们就会来一段："太阳出来晒死人，唯愿老天起朵云，它把大地阴凉会，这坡苞草早完成。"如果看见哪位在薅草过程中拖拖拉拉落后了，他俩就会唱一段："张小三你加把劲，李大姐已在后面追，看谁能够先薅拢，不要落后当乌龟。"谁也不想当乌龟，就会拼力赶上去；如果大家都干劲十足，他们就再来一段："张大妈和李大嫂，她们薅到前面了，后面的人快跟上，早点薅完家中跑。"这样鼓励大家都快马加鞭一股脑儿地干；如果薅草人群中有结婚不久的新媳妇儿，他们为了解除大家的紧张与疲劳，就会拿新媳妇儿开涮编一段唱词："新媳妇儿想什么，快快薅草别想哥，干完这片早收工，哥哥打水给你洗脚。"这一唱，大家便会嘻嘻哈哈乐得忘记了薅草的疲劳。

　　一年一度薅打闹草，是在初夏时节，以每个生产队为单位来完成的一项最热闹的生产劳动。如果只有二三十个劳动力集中薅草，由一对锣鼓师唱打闹歌催促便够了；如果有五十人以上集中薅草，就至少要两对锣鼓师才够。锣鼓师是本队社员中最机智、最能说会唱的人，在薅打闹草的劳动中，他们能针对社员表现出的各种状态，临时发挥、见子打子、自编自唱一首首歌谣，催促集中薅草的人们劲往一处使，不窝工，加紧干，让薅二道苞谷草这项劳动在唱唱打打、你追我赶中快乐而高效地完成。本来要二十天才能薅完的二道苞谷草，以这种方式进行，一般只要十天就能完成。另外，只要是薅打闹草，队长都要安排两个能干的女劳力煮中饭统一就餐，保证劳动时间统一，能更好而合理地用足劳动力。

　　在大集体时代，我们黔北地区普遍流行薅打闹草这项在边敲边唱中完成的劳动文化，虽然在实行家庭联产承包责任制后消失了，可作为享受过这种劳动文化的我，已把它深深地刻在了记忆深处。

2023 年 7 月 23 日

初学当家

"当家才知盐米贵"这句谚语，从我记事起，就从母亲的口中深深地印入我的脑海。当我挑起家庭重担的时候，才慢慢体会了这句话的含义。

在我十八岁的时候，母亲生病去世了。父亲又长期不在家，哥哥和姐姐结婚有了自己的家，哥哥的家安在城里，离我们很远。家里就我和弟妹四人，我最大，三妹十六岁，弟弟十二岁，小妹只有九岁，我只得义不容辞地当起了这个家，管着弟妹们的衣食住行。那时生活水平不高，弟妹们干活或读书只要能吃饱穿暖就行，没有要吃得很好、穿漂亮衣服的过高奢望，但油盐柴米等日常生活用品的事还是常常使我烦恼。

记得有一回，我拿十个鸡蛋上街去卖了七角钱，安排用四角钱买斤煤油，剩下的钱买几根线和几根针回去缝补衣服。当我打好煤油付钱时，在包里摸来摸去，也没摸着那几角钱，不知是丢了还是被该死的扒手摸去了，老板把打好的煤油又倒回了油桶。我伤心地哭了起来。就这样我们摸了两晚的黑。虽然弟妹们谁也没有怪我，但为那事我难过了好久，心里想的都是我这个做姐姐的没把家当好，也体会到了当家没钱的难处。

弟弟该念中学了。当时我们那里条件很差，就叫他到四川我表哥教书的那间学校去读。家里能卖钱的东西我都把它们变成了钱，全给弟弟做路费、学费和生活费用，可弟弟临走时仍没身好衣服穿着，我心里难过极了。三妹见我难过，就把身上穿着的一套运动服脱下来穿在弟弟身上，还拿来一件七拼八凑才织成的毛衣装在弟弟的包里。这是三妹在外地给一家粮店扛包上下车得的辛苦钱换来的衣服。我流着泪对弟妹们说："等日子好了，家里有了钱，我首先给你们每人织件新毛衣。"

打那以后，我带着弟妹们更加勤奋地劳动，该节俭的节俭，精打细算着过日子。小妹上学每星期给她炒瓶辣椒，做些咸菜带上，不但能节约点钱，而且吃起饭来还可口。过年杀了猪就计划着把肉和油平均分配到十二个月，好让每个月都能吃上肉和油。这样生活过得均匀，不会有时多吃，没了就不吃或另花钱去买。吃饭的事，不管稻谷够不够一家人吃一年，煮饭时，都拌些苞谷面、红苕这类东西，拌有杂粮的饭吃了干活时抵饿，能增强人的体质，有益无害，还能节约主粮。

晚上，我常坐在油灯下一针针缝补着我们的破衣服。冬天把我穿起来短的破棉衣补好让妹妹穿上。记住弟妹们的生日，学着妈妈的样给他们炒些肉或煮个鸡蛋，让他们仍感到有母爱的温暖。

我当家的几年里，给家里添置了一套家具，有大橱、桌子、凳子、大木椅等。我结婚时家里已有了一万来斤稻谷的结余。

"勤是摇钱树，俭是聚宝盆。"当了几年家，这句话在我心里扎的根越来越深。

1998 年 3 月

第二辑

爱与亲情

长嫂难为

我婚后跟公婆和三个小姑一家生活了好几年，在几年朝夕相处的生活中，跟他们建立了非常友善的亲情关系，但也免不了有难为的时候。

有一回，读五年级的小妹在家写作文时怕动脑筋，就在婆婆面前叫苦，婆婆没有读过书，不懂得教学的事情，叫读过两年初中的大妹给写，大妹说："自己读书哪个给她写！"婆婆又叫念中学的二妹写，二妹懒得说就走开了。小妹"呜呜"哭了起来，这时婆婆发火说："拿你们读一阵书请谁都不动。要是我读过书写得起，给她写几篇！"小妹见此便得寸进尺地哭得更厉害。婆婆发火生气见无效果，没办法只得用眼光祈求我，说："你给小妹写篇吧，她们我叫不动了！"这下我可左右为难了，写吧，害了小妹，不写吧，得罪了婆婆会失去了她对我的信任。以我的身份不能跟两个姑妹一样的态度。我想了想，接过小妹手里的本子和笔，趴在桌上写了一段话："小妹是个既聪明自尊心又特强的好妹妹。在学校是'三好'学生。读书作文是对自己的提高，叫别人代作是不行的。妈妈以为你写作文是到老师那儿交差，才叫我们给写。妈妈爱女儿是对的，可做法不对。恕嫂子不从，请理解。"小妹接过本子一看，擦干眼泪写了起来。婆婆当场夸我说："费力得来的女儿还不如没费力得来的女儿好请。"大的两个小姑妹对我伸出拇指会心地笑了起来。

后来我从那个家搬出来住到了丈夫教书的学校，姑妹们该出嫁的结婚有了自己的家，公婆在以后的三年中先后去世，家里还有个小妹自然又跟我们住到了一起，她的成长也只得操心了。她高中毕业后随着打工的浪潮非要出去打工，在经济上本来就拮据的我家，也只好四处给她筹备了六百元路费。还听说到外面去打工的人常会水土不服而生病，要带上家乡的灶心土泡水来喝，我虽然不信那些，还是拔来块灶心土让她带上。送到妇联招工处上车后，还一次又一次地叮嘱……她听得不耐烦了，说："知道了！知道了！！"看见车子远去了，我才返回家。在打工期间，她的身份证被小偷偷走了，来信要我给她办个临时身份证火速寄去。我就跑来跑去给她办好了身份证，到邮局寄了特快专递。到她打来电话说身份证已收到的那一天，我那颗悬着的心才落了下来。

几个月前，乡下的大姑妹患了脚病。我知道的当天赶紧跑到她家去看她，刚看到的那一会儿简直吓得我话都说不清了。她的右腿从脚尖一直肿到腿根，肿的程度我无法形容，只知道一般的裤管是穿不进的。我问妹夫怎么不早点送她去医院，妹夫回答我："问过神仙，观过花（迷信活动的一种方式），是死去的父亲找着了女儿，才得了这种怪病，已招呼过，求过菩萨了。"听得我哭笑不得。因知识的浅薄和封建迷信思想的根深蒂固，一会半会也解释不清，我只好立即把妹了叫到我家再送往县城医院治疗。丈夫去找了本县城最好的一位外科医生给予检查后初步认为："是血管栓塞所致，得送大医院治疗。"这下可为难了，大医院离我们很远，还有这笔医疗费可不是小数目，护理又不便。我和丈夫考虑再三，还是叫那位医生医医看，假如真的不行，再转院。医生答应留下治疗观察。这回真是菩萨保佑，几天后，小妹肿着的腿脚就消了一大半，医生说效果良好。治疗期间，一天我得往医院跑好几趟。妹子出院回家了，我们写了篇文章感谢医生，并在一家报纸上发表了。到现在，我还老是牵挂着妹子的腿，害怕那病有朝一日会复发。

俗话说："长兄当父，长嫂当母。"长嫂再难为，我也要为下去。

1998 年 11 月

难为人妻

俗话说："做女人难。"我说，做妻子更难。自从跟先生结婚后，我就感觉到了做妻子的难处。

跟先生恋爱时，自然是甜蜜的，并且有一日不见如三秋之感，可结婚后做了妻子，得在一个陌生的环境，跟自己非亲非故的公婆、小姑们生活在一起，许许多多难以做得很完美的事务就接踵而来。

记得婚后没多久，先生跟我开玩笑说我恨他，我顺口说了句恨死你。这本是一句玩笑话，说时没在意，也没放在心上。以后在跟婆婆的共同生活中，不管是吃饭穿衣还是干活，婆婆就老是看不惯，对我做的每一件事都很挑剔。时间一长我难以忍受，终于有一天发生了争吵。婆婆吵着说："儿子是我从一尺五就养起，从来没有恨过，你为哪样要恨死他？"她竟拿这理由来责问我，弄得我啼笑皆非。事后我说与先生，先生分析说："在你之前，母亲跟儿子的爱和儿子对母亲的爱都是独有的，你夺走了母亲的所爱，二者兼得之。再加上你跟母亲感情尚浅，又无血缘关系，从心理学的角度讲，这也是嫉妒的产物，不觉奇怪。"从此，我说话做事都特别小心谨慎，并加倍孝敬公婆，好不容易才换来了婆婆的认可。

两年后我住到了学校，有了一个独立的小家。可在学校读书的小姑和我娘家小妹又跟我们吃在一口锅里。这个五口人的家就由我来当了。那时先生的工资每月只有一百零点，在钱不多的情况下，为了让一家人能吃上肉，我经常买些廉价的肉皮回来炖着吃，为了每餐都能吃上油炒菜，我常跑到离学校三公里以外的一家工厂买些便宜的羊油回来代替猪油和菜油。尽管这样计算着节约用钱，月底还是得借些钱来补贴。米没了我还得步行到十公里以外的乡下去背。年幼的小姑对我的苦心不理解，还一度不跟我们一道吃饭了，说吃不惯我做的菜。真让我左右为难。

现在虽说我有了个充满幸福快乐的家，但买房欠了钱，女儿读书要钱，先生爬格子买电脑要钱。我说再也不能招架，请别烦我了。先生却笑着说："哪叫你是我夫人哩。"

人妻真难为啊！但我相信，只要夫妻之间互相信任，并肩携手，再大的困难也是能够克服的。

1999 年 5 月

深深的遗憾

我有两位母亲，一位是生母，一位是婆母，但因为她们都去世得早，使我和我的弟弟妹妹们过早地失去了母爱，留下了深深的遗憾。

1982 年 5 月 12 日，我的亲生母亲走了。那年我父亲才五十岁，也一夜之间白了头。我和两个妹妹一个弟弟，也仿佛天空塌了一般。那年，我跟三妹都读初三，因母亲去世错过了预选考试，下一学年，三妹去复读初三了，爸爸又经常不在家，我只好辍学，茫然无措地支撑起没有母亲的家庭来。

到了冬天，为了不让才十二岁正上小学的小妹冷着，我只能学着母亲在生时那样，把我穿不得的棉衣在煤油灯下一针一线缝补好，给小妹穿上。我一边缝，一边流泪。有一回，家里没煤油照灯了，我拿了仅有的十个鸡蛋上街卖了七角钱去打煤油，店员给我打好了煤油，我付钱时，摸遍了全身的衣袋，都没找到刚卖鸡蛋得来的那七角钱。店员不耐烦地说："有钱没？"我说："可能是被该死的扒手摸去了。"我很难过地看着店员把打进瓶子里的煤油又倒回了油桶。是我的过错，害得弟弟妹妹们打了一星期的黑摸，要是母亲在，哪能这样啊！弟弟读初二那年正月的一天，约上几个男女同学外出玩耍，结果被一位女生的舅舅知道了，把我弟弟弄去他家关起来，我知道后走几十里山路把弟弟找回家并告诫他："虽然别人关你是不对的，但你是学生，不能在外边乱跑呀！"要是母亲在，弟弟有母爱，或许就不会跑去疯玩，就不会受那些罪了。一次我背只鸡上街去卖，刚走到场口，一个鸡贩子要买我的鸡，讲好了四元钱才卖给他的，结果他只给三元，我不卖并跟他理论，他见只有我一个人，没人帮我说话，夺走我抱在手里的鸡，扔下两元钱，很快把鸡装进了他的鸡笼里，我委屈得哭了起来，有人站过来问我，鸡贩子还大声说他拿了钱的，就跑了，如果有母亲在，我就不会受这样的委屈啊。

母亲走了，我辍学了，并尽最大努力照顾着弟弟妹妹们，但总是不能替代母亲的温暖，我自己也没了母爱，留下了深深的遗憾！

我的婆母是 1993 年 7 月 2 日深夜一点走的，那时我也太年轻。

婆母得的是胆管肿瘤，恶性的，手术后八个月都在病痛中，时好时坏。那天我回去看她，感觉婆母的病有些严重，晚上便留下来照顾她。我看到她难受得整晚都不能入睡，便问她痛不，她总说不痛，也没呻吟。她是个特别坚强的人，八个月来病情总是反反复复，一会儿重一会儿轻的，特别严重难受时她都咬紧牙关忍着，有时出口大气，也从来没有呻吟过一声。早饭后，我在床前陪着她说了很多话，都是关于她的子女们的话题，她说："大姑娘从小体弱多病……还有小女儿也还在读高中……"她欲言又止，我赶忙承诺说："我们会照顾好她们的，您不用担心！"这时母亲面带微笑地跟我说，她担心的是"自己的病"。就这样我们婆媳俩不知不觉聊到下午四点来钟，她突然像没病一样和家人一起吃了一碗饭，还告诉我说她想儿子——我的先生了，叫我回学校去喊他回来陪陪她。那年我先生当高三的班主任，忙于学生的高考，已有两个星期没能回家看望她了。

当天深夜，婆母毫无征兆地带着我给她的承诺走了。我先生没能在床前尽到最后的孝心，留下了深深的遗憾。婆母这一走，我虽然尽一切努力兑现着那句承诺照顾妹妹们，便始终不能完全替代母亲，使她们的生活缺少了应得的美好，也留下了深深的遗憾。

2022 年

父亲

　　父亲已经 70 多岁，满头白发银丝，身子骨却非常硬朗，每时每刻都从眉眼间露出甜甜的笑。

　　父亲爱好不多，只喜欢看书、下象棋、喝酒。

　　从我记事起就跟着父亲辗转搬过几次家，全家人总在较差的环境中过着艰辛的生活。特别是父亲带着我们全家从四川盆地迁来贵州的一个高山村定居的那段时日，我们家的每一个人都几乎没有吃过一顿饱饭。家里把借来的粮食配上野菜，每人每顿只能摊上一碗。在这样差的条件下，父亲也没忘了叫我们上学读书。当时，在我们家定居的那个山村，重男轻女思想比较严重，女孩子上学的寥寥无几。全大队有十六个生产小队，我们班上只有十二个女生，读到五年级时就只有五个女生了。其间，也有些"好心人"劝过我父亲："姑娘家，书读得再多，长大后，都要嫁给别人，是给人家读的。"我父亲无法给他们解释，只好说："给别人读也好，给自己读也好，只要多学点知识有文化就行。"不久，小弟小妹相继入了学。在当时，我们家还成了村民们议论的热点话题——连饭都吃不饱，还要拿几个女娃子去读书。后来，好多村民都受了父亲的影响，也把女娃儿们送到了学校。

父亲不但把我们送去上学，还喜欢给我们讲故事。记得从我读小学三年级起，除有特殊事情外，父亲每晚必给我们讲一个故事。冬天全家人围坐在火坑边，听着父亲讲唐僧到西天取经，还把宋江、林冲等人的英雄壮举一一道来；也讲过刘备三顾茅庐怎样请出诸葛亮、乾隆下江南微服私访等故事。基本上每晚一节，讲了好几年时间，还吸引了左邻右舍的孩子，他们晚上打着火把赶来，从不缺席。

月有阴晴圆缺，就在我读初三临近中考时，母亲病逝了，在生活上主要靠母亲支撑的家，这下可完了。看着悲苦孤独的父亲，我决定辍学回家帮他一把，让弟妹们能安心在学校读书。谁知父亲却斩钉截铁地说："不行，你们都得去上学，我叫你们读书，不是非要你们考个什么学校不可，而是把平时父母辛苦得来的钱变一种方式储蓄在你们的脑子里，到时自己取出来作为本钱去创造财富。人能处处能，草能处处生。你们有了知识就是你们的本钱，懂吗？至少每个人都要给我念完中学。"父亲说得非常激动。带着对父亲的歉疚，我上了高中。

母亲去世时，父亲才49岁，一年后，父亲的头发已白了一半多。

我高中毕业后，跟父亲一起开了个百货店，经起了商，继续供养弟妹们念书。后来我结婚定居到了城市，便用父亲将血汗存入我的脑子里后转化成的"本钱"爬起格子来，并频频地有了铅字出现在报刊上。

三妹高中毕业后，随着打工的浪潮去了广东，用那储蓄在脑子里的"本钱"搞上了房地产，现在虽不算十分富有，但在大城市里买了房子，把父亲从大山里接了出去，过起了城市生活。小弟、小妹中学毕业后也在城市里做起了生意。

父亲流血流汗用背脊把我们扛出了大山，他也从大山里走了出来。

1998年8月

干妈

我这里所写的干妈，其实是我先生的干妈。自从我跟先生结婚后，就跟着先生妈呀妈地叫了起来。我十几岁时母亲就去世了，从此我就失去了母爱。跟先生结婚后，不但能叫婆婆为妈，而且还多了一个干妈。我感到又有了呵护和关心我的母亲。我生孩子时，先生正在省城读成人大学。我又没工作，住在丈夫的农村老家，经济上也非常拮据。干妈把她省吃俭用节省下来的钱给我女儿做了小被子和鞋袜衣帽，还给我送来了鸡和鸡蛋。在我生了孩子的那一个月里，她总是赶紧干完活，来照顾我和孩子。开始几天，她每天都要来给孩子换上几次尿布，并教我尿布咋个换法，换时要注意孩子的哪些地方，别碰着孩子，速度要快，时间长了，会冻着奶娃儿。干妈见我为带孩子而犯愁，就哄着我说："带孩子有什么难的，你混着，她长着，几年就大了。"我看着干妈每天都要为我母女俩跑上几趟，算起路程来怕也有四五公里，真是辛苦，我就试着给孩子换尿布，或捆或包，慢慢会做后，叫干妈别天天跑，可她还是天天来，说她放心不下。在我生下孩子近二十天时，是干妈娶二儿媳妇的喜期。干妈家杀了猪办喜事，特意把猪脚杆给我送来，说那是"催蹄"，坐月子的吃了可以催奶，还给我找来些药叫我一起炖着吃。作为女人，在月子里最希望得到的是亲人的爱——特别是先生和母亲的爱。那时先生远在省城，又正值考试，婆母也被别的事缠着无暇顾我，给我最多关爱的就是与我其实"非亲非故"的干妈了。

先生毕业后，我也跟着住进了县城，这时候婆母已经去世，我能叫一声妈的就只有干妈了。为报答曾给过我无私母爱的干妈，我时常买些营养品、衣服之类的东西回去看她。这时候的干妈仍一如既往地爱着我们，她家有了好吃的东西总要想方设法留着，等我们一家子回老家看她时才做来吃。杀了年猪，还要大老远地把最好吃的部分——耳朵、肚子、腰子、心子、香肠等——给我们送来。我每次都"责备"她，要她留着自家吃，可她却说："你有孝心，我有痛心。"她总把我们当亲生儿子、媳妇看待，我们也把她当亲生母亲对待。本来干妈有五个儿子就够她操心的了，还要在我们身上多操一份心。我们十分过意不去，只好加倍地尽一点孝来回报她老人家，结果换来的是她给我们的加倍关爱。

看着干妈日渐瘦弱苍老的身躯，我在心里时时为她祝福，祝愿她老人家长命百岁。

1998 年 10 月

丈夫的眼泪

我先生常说：男儿有泪不轻弹。可他那次却号啕大哭，泪如泉涌，打湿了衣襟，浸湿了泥土。那是六年前他母亲去世下葬的那一刻。

我们结婚十三年来，还是头一次见他流泪。

他是一位中学教师。那一年，他不仅任有高中毕业班的课，还担任着文科毕业班的班主任。就在那年冬天，婆母生了病，躺倒在医院的病床上。经手术后才知道，婆母生的是不治之症——胆管癌。术后，婆母在医院和家里的病床上整整睡了八个月。在这八个月里，他每次总是买好婆母需要的药和喜欢吃的东西送回家，又匆匆地赶回学校，没能在病床前守候一天半天的。只有在婆母动手术的那一天，他才站在手术室的大门口，一会看看手术室的大门，一会看看手表，再看看窗外下着的大雪。站了四小时零二十分，手术室的大门开了。他从一位护士手上接过手术车，轻轻推着母亲进到病房。他向医生打听了手术状况和病情后，恍恍惚惚地往学校赶去，教室里还有几十位学生在等着他上课。婆母醒来时，我忙安慰婆母说："他刚走，上完课就来。"婆母没有流露责怪的意思。

我清楚地记得，在婆母去世的十二个小时之前，我搅拌好草药给婆母包肿胀的肚子时，婆母问我："我得的是胆结石，手术后为啥没有好转，反而还越来越重？"是先生不让告诉婆母。我劝婆母好好休息，慢慢的就会好。婆母说："你们都瞒着我，我知道自己已经不行了。"婆母说的时候，眼里噙满了泪水。我不想让婆母继续说下去，故意岔开话题说："妈妈，您放心，别多虑，妹妹们有我和他照看，谁也不敢欺侮。我回学校去叫他来看您。"婆母忙说："去叫他回来，我要和他多说会儿话。"接着，我问婆母，生病后他没好好侍候过您老人家，能理解他吗？婆母回答说："他上的是毕业班的课，关系到孩子们的前途和命运，只要他心里有我就行了。"我就这样和婆母谈了好久的话，过了一会儿，婆母又问我："离高考还有多长时间？"我说："快了，还有几天就考试了。"我临出门时，婆母又说："不知怎的，今天特想他。"我又安慰婆母说："您休息吧，我回学校去，他再忙也叫他来侍候您几天。"当我赶回学校时，天色已晚，我买好婆母想吃的李子，跟他说："妈妈今天说了好几次，想和你说说话。"他说："今晚加班把学生报考表审查完交上去。明天早点起床赶回家，跟母亲说会话。高考结束后，就可以天天在家陪着母亲，跟她老人家多说些贴心的话，尽一丁点儿孝心。"可婆母没等到那一天，在这天深夜 1 点多钟，就永远离开了我们。

母亲下葬时，先生的泪水再也控制不住了，呼天抢地，涕泪横流，使在场的大老爷们都跟着流下了眼泪。他这一场大哭，整整哭了一个小时之久，谁劝也止不住他的哭声。

母亲下葬后的第二天，他带着悲痛，领着参考的学生进入了考场。

古人云："忠孝不能两全。"他说他流下的是"不孝"的眼泪。

1998 年

泡粑大娘

泡粑大娘本姓李，四十出头，是我家一墙之隔的邻居。由于她满城大街小巷"泡粑——泡粑"的叫卖声，加上那好吃的泡粑，便有了"泡粑大娘"这个略带乡土味的称号。

两岁丧父、四岁丧母的她，结过三次婚。第一次是18岁时，被养父嫁给了一个她不喜欢的表哥，于是第二天便逃走了。第二次结婚，又因她不能生育，只好跟丈夫离婚，这时她才25岁，从此，寡居的她便进城干起了小买卖。三年前，也就是她40岁那年，又找了个比她大20岁的男人过生活，在城里租房做起了泡粑生意。

做泡粑特别辛苦，淘米、打浆、发酵、上甑、背上街叫卖，昼夜不分，每天的劳作长达16小时。县城三天一场，每逢赶场天，买泡粑的人多，她就更辛苦。晚上零点一过，就开始蒸粑，一直蒸到天亮后，才一背一背地背上街去叫卖。

泡粑大娘很节俭，精打细算着过日子。就拿买肉来说吧，每市斤肉我们在早上用6元或7元的价格买来，她呢，每次在卖完粑后的中午或下午只花5元甚至4元的价格就买了回来。一个时间差，就能省钱。她从不在街上吃小吃，如想吃什么，就买些回来，自己做好，让丈夫和丈夫的女儿也能吃上。小吃街上要花 3 元钱才能吃上的，她只花 1 元钱就能吃上了。在穿着上，夏天常穿一件干净大方的花花布衬衣，冬天穿上自己织的毛衣加上一件蓝色外套，看起来挺讲究。用她的话说，只要穿得干净，有人喜欢买她的泡粑就行。用不着花更多的钱买时髦衣服穿。

一向节俭的泡粑大娘，这回为了老伴的女儿结婚，摆起了阔。城里人陪嫁女儿有的，她丈夫的女儿就有：彩电、冰箱、音响、影碟机……样样不缺；城里人没陪嫁的家具，她丈夫的女儿也有，给女儿做家具的工资都开了三千多元。她把卖泡粑这几年余下的钱都花在了丈夫的女儿身上。她乐了，乐得那样甜。

"泡粑——泡粑"，我在伏案写这篇小稿时，耳朵里又灌进了泡粑大娘那圆润、亲切的叫卖声。

1998 年 7 月

阿英

　　阿英是我小学时的同学，又是我最要好的朋友，已经人到中年，看上去虽没有少女时楚楚动人的灵性，但还有一双渴望知识的大眼睛，只在眼角处多了两条鱼尾纹。她每次跟我摆谈时，都说："我想读书，我想学知识。"

　　我是在发蒙读书时认识她的，她家住在学校附近。在小学时她一直是我们班的尖子生。她学习好，人又长得非常漂亮，眉清目秀，再加上她那甜甜的小嘴，学校里没有一个老师不喜欢她，有时还把她当自己的女儿逗逗。在当时我还真有点妒忌她哩。

　　上课时，我和她同坐一条凳子，共用一张课桌，非常要好；下课一起踢毽子、跳绳……过着天真无邪的童年生活。就在我们读四年级的时候，我就听大人们在议论，阿英有了"丈母娘"，也就是说她有了未来的婆婆，那时她刚满过 10 岁，是跟相邻大队的一个姓王的独子订的亲。过早地订婚是几千年封建传统遗留下来的陋习，在乡村一时难以改变，老师也无能为力。我和她都以为是长大后的事，照样在一起嬉戏、玩耍，过着快乐的童年。

　　过了五年级就进初中，这是由三个相邻大队合办的一所小学戴帽初中，阿英的那位小未婚夫跟我们读到了一个班上。这是个五官端正，不善言语，颈戴银项圈还上有一把小银锁，乳名叫"宝贵"的特别同学。当时我们都不知道他颈上戴着项圈和锁是什么意思，我放学回家后问母亲，母亲告诉我，他父母怕这个独儿夭折，就给他戴个项圈套着锁着。他的出现给阿英带来了麻烦。刚开始知道他俩关系的人不多，后来一传十，十传百，整个学校的同学都知道了。那些调皮同学无意识地一下课就喊阿英叫"宝贵——独儿"，喊那位男同学"远会——永远相会"，因为阿英的乳名叫"远会"。这样喊的人越来越多，喊得她无地自容。时间一长，她受不了这种干扰，初一才读完第一学期就辍学了。她辍学后，我几次跑到她家里叫她继续和我们一道读完中学，她说："我内心是想读书，还想读大学，可不愿在这个环境里读，读也是枉然。父母是不会把我送到外面去读的。"我们的班主任老师也去叫过她几次，她也没来。那时的乡村，重男轻女的浊雾浓浓地罩着，我们班也只有三个女生。

她是 20 岁时结的婚，结婚时，我去送她，她告诉我，她还想读书，是该死的封建传统陋习害苦了她。她前些时写信告诉我，她女儿已读中学了，她也拜女儿为师读起"中学"来，她说：现在的农村要发展，就得懂科学，就得读书。我被她读书、求知的精神所感动，找来许多农业科技方面的图书资料给她寄去。

但愿她能赶上时代的脚步。

1999 年 4 月

难忘板车工

　　我的新居装修完了，板车工人辛苦劳动的一幕幕却时时浮现在我眼前。

　　我装新居的第一天，就跟板车工打上了交道。我买好水泥要搬运时，就找了一位板车工。他个头不算高，穿一件半旧的蓝色中山服，看上去四十多岁，肩背微微驼起，挺有精神。我问他："你行吗？要扛上五楼。"他说："别看我个头矮，拉板车十年了，不管是水泥、地板砖、家具、木材……还没有难倒过我的。别说五楼，七楼、八楼我都搬上去过。"他边说边把水泥搬上板车，一会儿就装好了。看他那熟练劲，也知道他拉板车不是一天两天的工夫。装好后，他手拉板车把手，肩挎拉绳，一步步朝前走。我跟在板车后，上坡时，也帮着搭一把力推一阵。到了楼下，停好板车，他便麻利地从板车下的口袋里取出一块事先准备好的搭肩布，搭在肩上，扛上一包水泥，往指定的五楼弯腰驼背地往上爬，汗水也一滴一滴地往下落。就这样一包包地扛着往五楼搬运，第一板车水泥，大约两小时搬完了。我给他倒了一缸茶，他一口气喝了下去。

　　在后来多次的拉水泥、地板砖的搬运中，一位姓陈的板车工人就给我搬运过好几次，我们也就成了朋友，聊起了天。我说："你们虽然很辛苦，但收入一定还可以吧？"他说："养家糊口还行，就是太苦太累了。我快五十的人了，本来不想再干这活的，可我还有个儿子在上大学，每月要 300 元的生活费，等他毕业分配有了工作，我也就不再干拉板车这苦活了。"

特别是给我搬家的那四位板车工，他们的辛苦和细心我是忘不了的。

我家租住的房屋离我们的新居有近两公里路，家里的坛坛罐罐、锅瓢碗盏一应家什，都是他们给搬运到我们那高在五楼的新居的，连一个杯子都未碰坏。他们抬着家具转每一道拐角都十分艰难，但他们还是小心翼翼地抬进我的新家里，按指定的位置和角度摆放妥当。还有那两板车的书，是他们用两个背篼轮换着不知背了多少个来回，转了也不知多少弯弯拐拐才运上楼去的。几小时后，我在收捡背篼时，发现背系还是湿漉漉的，浸润着他们为我搬家滴下的一颗颗汗水。

在给我搬完家后小歇时的摆谈中，知道给我搬家的四个板车工，有两个是父子俩，父亲年逾六旬，儿子刚满四十，父亲拉板车已有十六年历史，儿子已有五六年了，可能是长时间拉板车扛东西的缘故吧，父亲的背脊已明显凸了出来，但没听见他们叫一声苦。在喝酒时，还用猜拳声来冲刷他们一天的疲劳。

我从这些板车工身上看到了劳动人民潜在的创造能力，和淳朴善良的崇高品质。

1998 年 7 月

求神不灵

那年我正上初三，心里盘算着，中考时我的成绩考个中师或中专没问题。读高中考大学嘛，我们这些穷山沟里的孩子可难啦。再说中师中专很快毕业就有工作，还是个铁饭碗，对我来说最现实不过了。正做着美梦的时候，母亲病倒了，躺在了床上。

父亲把母亲带去一家大医院检查医治归来，然而不久，母亲的病情却反而一天天加重，经常咳嗽。有时一咳长达两三分钟，并咳出血来，需要打止血针才能止住。我们知道，母亲得的是不治之症。我看着母亲的痛苦状和一天比一天消瘦的身体，心如刀绞，天天以泪洗面。本来我是住读，从母亲生病后，我每天要往返四小时山路回家照顾母亲。邻里亲朋来看望时，有的说："李某的花观得准，都叫她'神仙'，何不去找她观观花，看是哪方鬼神找上门来了。"也有的说："凤凰山上的观音最灵。哪家摊上病痛灾难时，准去求她，结果都平安度了过来。 去信信神，神药两解吧。"

我父亲不信神，我也不信神，但我总想治好母亲的病，所以还是心里一动，想去试试，能治母亲的病最好。这天我抱着万分之一的希望，请一个同学带着我踏进了"李神仙"的家门。同学跟"神仙"说明了我的来意。把我带来的米、钱放到"神仙"设的"神位"前，再把带来的香烛纸钱点上。"神仙"搭了红盖头，双手合十，眼睛闭上，发话向我问道："问啥？求啥？""我问母亲得了啥病，久治无效，求'神仙'赐给医治母亲病痛的良方，减轻病痛对母亲的折磨，使母亲的身体早日康复。""神仙"听完我的话，"啪啪"拍了几下手掌，再拍打着自己的身子，脚在地上不停地跳着，嘴里念念有词。我什么也听不懂。跳了大约一小时，"神仙"的家人给我翻译说："你母亲的病十分严重并很危险，被两个产后死鬼找着，要把她接去。"听了这话，我心里十分着急，祈求"神仙"给那两个死鬼讲讲情，它们要什么都成，只要肯放过我的母亲，不折磨我的母亲。"翻译"替"神仙"问我："你心诚吗？"我说我心诚。我想，心诚则灵，只要灵，我什么都信，并求"神仙"快点儿动身去帮我打点死鬼。"神仙"又唠唠叨叨手舞足蹈了好一阵。翻译又对我说："'神仙'跟它们讲好了，要你给它们做两件红衣服，两个替身，一个花盆，在本月初七晚12时，于你家附近对着正南方烧掉，让那两个死鬼领去，你母亲的病慢慢就会好了。病稍有转机后带上6尺青布、6尺红布、两只公鸡、一串鞭炮前来谢过'神仙'，'神仙'自然会全部除去你母亲的疾病和灾难。"

我回家把这消息告诉给母亲，母亲笑了。我祈求着这是真的，可心里总乐不起来。初七那晚哥哥还特地请来一位先生一同"招呼"。事后还是不见母亲的病有所好转，反而身体一天更比一天虚弱。实在没法，我趁上学的机会独自一人悄悄来到人们信仰的那座凤凰山顶，摆上供品，长跪在观音神像面前祈求，默念着保佑我母亲的话。

时间不停地往前走，我母亲仍忍受着病痛的折磨，有一天，我最怕的事情发生了，无情的病魔夺去了母亲的生命。我悲痛欲绝，三天三夜不吃不喝守着母亲的遗体。

那几天正是中考预选的时间，我的铁饭碗梦被打破了。我稚嫩的肩上担起了母亲留下的照顾几个年幼弟妹的重担。从此，那些所谓"神仙"，在我的心目中全成了骗人的东西。

1999 年 7 月

草垛

看着朋友圈的女士们依着草垛摆出各种 post 照的美照，勾起了我对小时候故乡草垛的思念。

草垛是农村特产，只要出产稻谷的地方，不管是高山、半高山，还是坝子上，在秋天收割稻谷的季节就会出现大小高矮胖瘦不一的草垛。村人们把晒干的稻草上在树上或木桩上的草垛叫草秆树，在地上棚起来的叫草堆。20 世纪，农村家家户户其实竖草垛的本意不是供人观赏的，因为它跟稻谷一样重要。收获的稻谷是一家人一年一度的口粮，稻草就是一个冬天牛的口粮，自家的牛就靠自家的草垛了。把干稻草竖成草垛是保存稻草的一种方式。

弄草垛这活非常辛苦，首先把割倒的稻谷上的谷粒搭到搭斗里，每两手把稻草扔一处，等搭完一天的稻谷后，把扔下的每两手把稻草都捆成一个"稻草人"叉在田里晒起。捆稻草人是个技术活，初学者半天捆不起一个，而且捆的稻草人也容易散开，会捆的人随便抓几根稻草，捋直，左手抓住那几根稻草的稍端，右手抓住那几根稻草的另一端，再将那几根稻草横在地上稻草把的"脖子"部位一抱，将稻草把抱起来站着，然后左手卡住稻草把的"脖子"，并用大拇指压住那几根横在脖子上的稻草的梢部，右手将那几根稻草茎部抓住，再绕一圈，使劲一拉，左手大拇指一松，只需二三秒，就把稻草结结实实地捆成了稻草人，而且要解开也容易，只把那绕在稻草人脖子上的几根稻草反着一扯，就解开了。

小孩子们来到田间，跟在大人屁股后头顽皮，总会蹲在稻草人的肚子里藏起来，让大人见不着，找不到，呼唤也不答应，直到弄得大人们干着急，开始发火了，才顶着稻草人在田里晃来晃去，大人看见了，才知道他们在稻草人肚子里藏着哩。

等把所有稻子割完，那满田满坝的稻草人可壮观了，像秦始皇的兵马俑似的。如果太阳好的话，晒上十天八天，田里站着的稻草人就晒干晒透了。如果这期间遇到下雨，就把田里的稻草人二十个、三十个或五十个拖来棚在一起，再在每一堆上面叉上一个头上打结的稻草人，这样田里就变成了高矮胖瘦不一的草垛世界，等太阳出来的时候，又把堆放的稻草人拉出来，像秦始皇的兵马俑似的站着晒太阳。要是秋收天气不好，会翻来覆去弄上几次，这是必须的。要是这年的稻草发霉坏掉了，牛也就没有过冬的口粮了。在 20 世纪的中国农村，耕牛是不可缺少的生产力，可宝贝了，所以，不管费多少劲，都得把稻草晒干收起，背到自家的草秆树周围，然后把它竖在草秆树上，这就成了成型的草垛。

其实要竖一个五千个稻草人的草垛，都是非常费劲的，最少要五个劳力整整干一天的活，而且还要稻田晒草的地方一般离草秆树在五百米以内。把晒干晒透的稻草收回草秆树周围不远的地方，有的传，有的投递给草秆树上爬着竖草的人。竖草垛是有技巧的，要不竖起来不仅慢，还会垮掉，弄不好还会伤人。草秆就是轴心，把所收回的稻草人绕着草秆这个轴心一圈一圈绕上去，直到把收回的稻草绕完为止。绕的圈越多，草垛就竖得越高，投递稻草的人越辛苦。有时一个稻草人要多次投递才能成功。竖草垛的要更加小心，他们要左手抓住草秆这个轴心不放，右手得抓扔上来或用竹竿撑上来的稻草人，若稍有疏忽，就会前功尽弃不说，人摔下来可不得了。竖草垛摔折腿脚的也有。绕到最后封尖时，就用事先准备好的竹篾条把绕在草秆树上的最后一圈跟草秆缠紧，然后在封尖上叉上一个封顶稻草人封好扎紧，下雨天雨水就会从封顶顺着草垛往下流，不管遇上多大的雨水，草垛里的稻草都是干的。就这样，一个完整的草垛就做成了。草垛的高矮胖瘦取决于稻草的多少和草秆的高矮，如果草秆矮稻草多的话，竖草的时候以草秆为圆心把半径放到最大，绕的草圈就越大，竖的草就多，这个草垛就又矮又胖；如果稻草少，就把半径收小，竖成的草垛就又矮又瘦。如果草秆高稻草又不多，那么竖的草垛就又高又瘦。

草垛的作用可多了，最大的用途是到了一冬三月，牛可以靠草垛保存的稻草里腹保暖，如果遇上下雪或冰冻天气，牛出不了野外放牧，人们就会取草垛的草喷上点盐水给牛吃。那时每家的床也离不开稻草来铺垫。拧草绳、打草脚马、打草鞋、发香豆腐等等都会找上草垛。《三国演义》中的草船借箭，也是从草垛上取来稻草人麻痹了对方，才完成了这个流传千古的杰作。小狗小猫的也特喜爱草垛，跑来跟它亲近，钻到草垛下睡觉，有时为了争抢草垛，还不时来个狗咬狗的斗争，或上演猫狗喜剧。草垛也是孩子们的"避难所"，要是哪家的孩子受了委屈，或做错了事害怕被大人惩罚，就悄悄跑去别人家的草垛下铺上稻草睡一阵子避避风头。还有在上下学途中，遇上下雨，一群孩子会在就近的草垛上各自扯来一个稻草人叉到头上当伞或斗笠，把遮住眼睛的稻草分分，长长的稻草人队伍走在乡间的小路上，就成了真真切切的活动兵马俑。

我爱你，草垛，我记忆中的乡村最美风景！

2018 年 6 月

房子

习近平总书记在党的十九大报告中说："房子是用来住的，不是用来炒的。"是的，中国人民在改革开放四十年来翻天覆地的变化中，慢慢富起来的一部分人不但住上了洋房别墅，还做起了房产生意，近年来一些一线城市的房价已高得吓人。

经过四十年的发展，城市化的推进，偏远山区的农民有了钱就到乡镇上买房建房，乡镇上的人有了钱就进县城买房，县城的有钱人就到市里买房，市里的有钱人去省城买房，省城的有钱人就去一线城市买房。城市化的发展使人们的住房越来越好，买房的人越来越多。

现在的我，住进了33层电梯楼的套房里，有107个平方，两室一厅一书房，一厨两卫。房子是请装修公司精装的，现代家具、电器一应俱全，到目前为止是我住过的环境最好，住起来最舒适的房子。小区占地五万四千多平方米，有大小喷水池多个，有篮球场、网球场、门球场、羽毛球场，还有儿童乐园，多处置有体育锻炼器材，有跳舞、娱乐场地，有多个大小不等的休闲亭，绿树和草地随处可见，是我们县城目前居住环境最好的小区了。住进这样的房子，我却总也忘不掉以前住过的各类房子。

我于1962年生于四川（今属重庆）奶奶的两间土墙房子里。奶奶的两间土墙房，小的一间用来煮饭，大的一间供玩耍和睡觉，住着祖孙三代八口人。

我不到两岁时，搬家到了百里外的外公家的房子里，外公的房子也是一大一小两间土墙房，小的一间除了煮饭还有一张外公睡觉的床，大的一间是爸爸、妈妈、哥哥、姐姐和我睡觉和娱乐的地方。我记得外公经常在这间土墙屋里教哥哥武功，有一回不小心把一旁观看的我带进了取暖用的灰坑里，我变成了灰人，哇哇大哭起来，吓坏了外公和哥哥。我们在这土墙屋里住了八年，多了两个妹妹和一个弟弟，外公也是在这土墙屋里走向天国的。

外公走后，1970 年代初，父亲带着我们一家八口人搬到了黔北绥阳一个偏远的高山顶上，借居在一位孤寡老人的房子里。这是一栋三列五柱两间木架子瓦房，主人住在装了半间天地楼的房间，剩下的半间用木板简易围了三面，在里面用石头砌了个独灶，安上三水锅用来煮饭，灶门前砌了火坑烧火取暖。我们一家的到来显然打乱了主人的生活。哥哥跟主人住一张床，爸爸、妈妈和两岁的妹妹、四岁的弟弟住在主人的半铺天楼板上，我跟大姐、三妹住在主人三面见天的堂屋用木板搭成的床上。堂屋只是用主人的烂晒席和柴草拦住遮挡一下风雪。当时，正值冬天，常常睁开眼睛就见着厚厚的冰雪。还是好心的主人，才让我们一家在这个冬天有了个遮风挡雨的地方。我们在这房子里住了八个月后，搬到了买来的两间旧木架房子里。

我家买的这栋房子的四壁，是哥哥、姐姐从山上砍来的刺竹夹了围起来的，楼也是用刺竹来铺成的。当时的农村，好多人家都住这样的房子。房子的木架立起来后，装木板的造价高，装不起，就用竹子或木棍夹起来连接在木柱头上，为一家人遮风、挡雨、防盗。这样的房子，当时的人们给了它一个"美名"，叫千根柱头落地。住这种房子的人家看上了哪家的姑娘，请媒人到女方家说亲，当女方家问起房子的事，媒人会回答"千根柱头落地",女方家自然会明白是怎么回事。母亲就在这个房子里度过了十年伤感、劳累的日子。到了80年代初,改革的春风吹进了山村,实行了联产承包责任制,农民的生产积极性空前高涨。但刚吃了一年的饱饭,母亲就于1982年5月,在这个房子里过早地去世了。

1980年代中期,我结婚住到了爱人家的房子里,是两间半完整的木架子瓦房,装有天地楼。跟公婆和三个小姑一起住,虽然有点挤,但这房子住着冬暖夏凉,挺舒适的。这时的农村一片欣欣向荣的景象,除了种稻谷、玉米、黄豆外,主打经济作物有烤烟、辣椒、油菜,年年丰收,卖烟叶、菜籽都得排队。记得有一次,我们一家老小6口挑的挑,背的背,到了粮库排队卖菜籽的情景,不叫人山人海,也叫菜籽山菜籽海。每户都留下一人守着排队,要到第二天晚上才能卖掉。烟叶站收烟叶也是常常成为烟叶排队的海洋。那时的三月,满田满坝的油菜花开,映黄了天边,映黄了河流,是农民致富的希望。不像今天,油菜花多是供人们饱饱眼福而已。我就在这个房子里生下了我的女儿。

两年后,我随先生住进了学校分给他的,用教室改成的两间青砖瓦房里,这下我们一家三口总算有了房子住,有了自己的家。那时的房子谈不上装修,最好的是青光水泥地,有钱的用石灰粉刷一下墙壁,要不就是用废旧书本报纸粘贴到墙壁上,住起来干净一些。记得住进学校分的房子后,为了让毛砖墙壁变得干净美观一点,我借来一架木棒梯子搭上,用一个洗衣服的大塑料盆盛上米汤放在梯子下,把一张张纸刷好米汤,上上下下地爬着梯子贴到墙上去,可有一次爬上梯子顶端时,梯子一滑,我跟着梯子顺着墙壁一下摔倒地上,幸运的是我没大碍,可装米汤的盆子被砸成了两半,这一声炸响可惊吓了邻居老师们,他们赶紧跑过来看情况,见我没事,才吁了口大气说:"太危险了,一个人不能再贴了!"我们一家三口在这个还算"安逸"的房子里住了六年。

到了1994年，随先生的工作调动，我们一家住进县城租来的两间砖木结构的瓦房里，这套房子虽然很旧，也很简陋，设施也很差，电线很老旧，常常因故障而断电，厨房还是临时搭成的，用了一个废旧的汽油桶做的灶头，室内也没有卫生间。好在有一个非常安全、优雅的小院，主人一家常常在鱼池假山旁的树下吃饭喝茶，紫色的木槿花迎接着每一张笑脸，枣树和无花果树挂满青色的果子，还有两位房东老人以慈爱温暖着我们。我们一家三口在这个房子里住了四年。

到了90年代末，我们买了一套110平方米的商品楼房，经过简单装修，添了套600多元买来的铁架子布沙发和一个电视柜，一家人这才住进了真正属于自己的房子，还装了座机电话。房子虽新，但一应家什全都是旧的。到了新千年的开初几年，我们才慢慢添置了彩电、冰箱、全自动洗衣机和热水器等等一系列电器。到了2011年初，我家又在市里买了一套近120平方米，外加20平方米平台的矮电梯楼房，精装后送给女儿作为结婚礼物。

房子是社会存在的产物，是人们居住的家，是美好生活条件的追求。我这一生所住过的房子，由破陋到豪华，与中国千千万万个家庭的情景大致相当，即使是农村，也多由土墙草房，或"千根柱头落地"的破木房，变成了小洋楼、小别墅，这是改革开放四十年一路走来的历史见证啊。

我坚信，在党中央的坚强领导和全中国人民的共同努力下，中华民族伟大复兴一定会很快实现，人民的生活会更加富裕、美好。

2018年6月

打刺竹笋

　　今年农历八月，正是打刺竹笋的季节，我受小郭之邀去湄潭县她外婆家的山上打刺竹笋了。从绥阳县城出发，朋友开车约两小时就到了湄潭县西河填双石河边的石笋坝小郭外婆家。小郭的外婆74岁了，一个人在家，是典型的空巢老人，但精神矍铄，腿脚健朗。我们的到来使老人非常高兴，先就接到电话的她正在为我们的午饭忙碌着。

　　这是一个两县三镇交界的山间坝子。山青青，水蓝蓝。坝中有座状如石笋的孤立山峰，三四十米高，清澈的双石河水环绕而过，顾景思名，人们把这里叫成了石笋坝。真是一个美丽而宁静的乐园。

　　吃罢午饭，老人背着个非常具有地方特色的牛鼻孔背篼，拿把砍柴刀，领着我们大小四人朝山里走去。我们顺着一条小河沟走了两公里多，来到了目的地。老人指点着河沟两岸半山腰上东一片西一块生长着的野生刺竹对我们说："这里的刺竹林生长有个特点，都是长在半山腰，山与山的连接地带，看起来相对阴暗、肥沃的地方。如果连接地带山弯较大，那片刺竹林面积就会大点，如果连接地带山弯较小，刺竹林的面积也就小些。"

　　我们选择了离得最近的一片刺竹林为目的地。小郭留下带两个四岁多的孩子，老人和我上山去打刺竹笋。爬山之前，老人把刀给我，她背上背篓就往刺竹林的方向爬。我看着74岁的老人一头钻进刺网就不见了人影，心想：再难我也得跟着老人爬到刺竹林中去。不是说"不入虎穴焉得虎子"吗？不进刺竹林又哪来刺竹笋哩。

刺竹每根只有大拇指粗细，老高老高的，中下部的每一个节上都有一圈弯曲的短刺，刺竹笋的笋壳也密生着棕色刺毛，如果裸露的皮肤碰着这两样东西，要么被刺伤出血，要么红肿起来，又疼又痒，叫你知道它们的厉害。而且刺竹笋往往跟刺灌丛等杂生在斜坡上，所以打刺竹笋是一种非常艰难的活儿。我在少年时打过刺竹笋，时间过去四十多年了，至今身上还能隐约见到当年打刺竹笋留下的伤疤，所以非常清楚其中的辛苦。

我鼓足勇气跟着老人，尽量绕过刺网往上爬，实在绕不过去的地方就用刀砍着走。一会儿，我的头发被刺抓住不放，只得忍痛扯掉几根头发摆脱出来；一会儿，我的衣裤又被刺撕扯着，这儿脱了线，那儿破了洞；一会儿明明爬上去了，又被摔了下来……就这样摔摔爬爬，大约两百米高度，竟爬了四十来分钟才爬到了刺竹林的中心。

进到刺竹林的中心，我跟老人分开来，从山弯的左右两边各自去寻找着刺竹笋。

我们的运气不佳，这片刺竹林中的笋子刚被人打过，只剩下些笋桩。我们用眼睛不停地扫视着，手脚并用，上上下下、左左右右寻找着刺竹笋的身影，但很难找到一根能打走的刺竹笋。有的要么是刚长出来的笋苞，很短很短，打不了；要么是别人不愿打的过于细瘦的笋子。我们好不容易才打到一些别人漏打的笋子。每当我捡了个"大漏"的时候，总会欣喜地掏出手机，把掰笋子的动作照下来，想着把照片带回去发朋友圈，让朋友们分享我打到刺竹笋的喜悦。就这样跌爬滚打着，享受着徒手掰笋子那一刻的乐趣。一小时左右，我们爬遍了这片竹林，袋子里也没有几根刺竹笋。虽然有点遗憾，但心里还是乐滋滋的，毕竟是自己辛苦打来了刺竹笋啊。我一只手提着装笋子的袋子，一只手拉着树枝或藤蔓，像梭梭梭板一样下到山脚。我们休息时，两个孩子不停地扯下我裤腿上黏着的毛锥子、毛疙瘩和不知名的粘贴。

这当儿，有两位老乡第二次来背他们打下的竹笋，原来那片刺竹林中的笋子是被他们给打走了。我们决定选择另一片竹林为目标。过了一会儿，我跟老人一起又一头钻进了林子，使劲往新的一片刺竹林方向爬去，又是费了九牛二虎之力才爬到了刺竹林中。

这回运气可好了，一进入刺竹林，眼前就不断有刺竹笋出现。老人把背篼放在这片竹林弯的中间，我们顺着山弯的两边有刺竹的地方分开去，走各自的路线掰着刺竹笋，把打下的笋子朝背篼的方向扔。不过这会儿太阳已下到山背后，竹林里光线很暗，我眼睛看什么都有点花，有时把干树桩当成刺竹笋掰，还好，手能感觉到哪些是竹笋，哪些不是竹笋。就这样在竹林里上上下下、左左右右地搜寻着，只要有笋子的地方，就一会儿趴着，一会儿蹲着，一会儿跪着去掰。有时用一只手吊着树干或竹子，另一只手也要把看见的竹笋掰下来；有时为了打下一棵竹笋，头发被刺抓住不放，等弄下来，也成一个乱发鬼了；有时为了一棵竹笋，却被树呀藤呀刺呀缠着难以抽身。这还不算，最让人生气的是：刚费尽九牛二虎之力爬到上面的竹林，一只鞋却突然掉到下面去了，又得光着一只脚，手吊着树枝或竹子下去捡鞋，而光着的脚一不小心就会被刺或竹扦划破，得特别小心翼翼，才能把鞋捡回来穿上，再往上爬。我们反反复复地做着这样的动作，打着那些高高矮矮、粗粗细细的笋子。总之，不管用什么姿势，什么办法，只有把笋子掰在手里了，才算得功夫。

一小时多，老人那边的竹林被她寻找完了。她把打下的笋子捡起装到背篼里弄好，再到我这边掰了一些，说我没打干净。我走的这边，头上还有一块竹林没去。眼前有一道高坎，我使劲往上爬，可难以爬上去，只得回头顺着弯道把刚打下的笋子拾起往背篼边扔，但得非常小心往下走，两只手得不停地换着，拉着树枝和竹子慢慢向下，脚下还有被雨水冲刷留下的石头往下滚，稍不注意就会摔得很惨。到了背篼边，把弄来的竹笋装进去，满满装了一大背。这回只得我背着笋子下山了：老人74岁了，摔倒可不得了。下山比上山还艰难，因为上山可拉着树枝、藤蔓朝上爬，下山得反着身子倒着走，稍不注意就会摔下山坡，特别是背着东西，那可不得了，要是滚下山去，不死也恐怕只能剩下半条命。我硬着头皮背着竹笋，心里不停地打鼓，嘴巴不停地念叨着"小心小心再小心"，两只手不停地交替抓住树枝和藤蔓，脚下像蜗牛走路似的慢慢往下梭，一会儿顺着梭，一会儿反着梭，非常艰辛地走了好大半天才到了山脚，在先前放笋子的地方把背着的竹笋放下，才长舒了一口气，然后坐到地上休息起来。这一坐事情可来了，我左手腕奇痒，挠着挠着泡起一大片。还有满裤腿的毛锥子和不知名的粘贴，还有被刺抓扯得像蓑衣似的衣裤，还粘着墨绿色黏糊糊的汁液。两个四岁多的孩子觉得新奇，不停地捻掉我衣裤上粘贴的东西。老人已经把先前打下的笋子用衣服包着一些带走了，我和小郭把剩下的笋子插到背篼里，轮换背到了老人家里。一路上，我背着笋子照了很多相，享受着收获劳动果实的喜悦。

吃罢晚饭，老人把打来的全部笋子装进车中让我们带回城里。我们驱车回到家已是晚上十一点多。洗澡时，我看着掉落的一网网头发发着呆，着实心疼了一回——我的头发啊！

第二天，我跟小郭花了两小时才剥完了竹笋，送了些给朋友和近邻，他们都说是纯天然的美食，没半点污染，真是太难得了。我把笋子跟辣椒切块泡了一坛，够一家人享用一个冬天了，还把剩下的放在冰箱里冻着，慢慢享用。

打笋子的收获跟代价是不能等同的。我的手腕肿了一星期，还好没发生意外。像蓑衣样的衣裤也只能扔掉了。我四十年前打过刺竹笋，那时是为了填满肚子，而今天打刺竹笋是为了体验打笋子的过程，这种苦对我来说，确实是一种难得的享受。这个过程也证明了：我还行。

说真的，从小生在城里的人是干不了这活的，不信去试试。

我把打笋子、做泡笋子的照片发了几期朋友圈，收获了无数的点赞和好评，使我着实乐了好多天。

2016 年 11 月

1

近些年，随着自乡村到城镇定居的人越来越多，外出打工的农民也越来越多，留守乡村的劳动力就相应地越来越少，所以许多乡村的田地就没人耕种了。我家也有几亩地在乡村，但因我已入城定居多年，地放在那儿，不收租金，白送给人种，也没人稀罕，就只好让它们荒着。仅荒了两年，那天我回去看，就已经长成了荆棘林：一丛一丛的芒草，能藏得下老虎；一笼一笼的悬钩子刺丛，连野兔也钻不进去；一棵棵新生儿手臂那么粗的杂树，即使猴子攀上去也不会弯腰。看着我那几块地荒成了这副模样，就会隐隐心痛。

这几块地中，最大的一块是旱涝保收的田，当年种水稻可年产三千多斤稻谷，是一家五六口人一年的粮食，小季还要收获五六百斤油菜籽。每年种两季，是雷都打不动的。还有几块是曾经的菜园子，土里除了种白菜、菠菜、南瓜、辣椒等十多种蔬菜外，也种玉米、大豆、花生、土豆、红薯等。这些东西除了自给自足，还是一家人的经济支撑。一碗泥巴一碗饭，那时的土地对于农民来说可宝贝了，但如今却被大面积地弃之不顾，成了荒丛，真令人难过又担心。我回乡一次叹息一次，终于因心里对土地的那份情感，那份牵挂，那份担忧，决定放弃一些城里的事情，已经五十五岁，到了退休年龄的我决定回到乡村，开始给我的几亩地穿新衣了。

我决定把我那几亩地重新开垦出来，种上珍稀植物红豆杉。要完成这项工作，必须经过砍荒、烧荒、翻地、进苗、搬运、栽种、剪枝、淋水等一系列艰辛的劳动。

2

砍荒，是把满满一地的杂草、荆棘、藤蔓、树丛砍掉。这可不是件简单的事情。

干活的第一天，我叫上一个亲戚，一大清早开车和我一起去二十多公里远的乡下，再叫在当地成家的小姑妹也来帮忙。为了不误砍柴之工，我把早已生锈的两种砍柴刀找出来磨得雪亮。我们三人首先来到我家最好的一块地——能年产三千多斤稻谷的田里，各自戴上手套干起来。

我先砍田壁，因我那田壁长一百多米，高有两三米，围在山脚下，砍起来特费劲。田壁矮的好办，站在田里就能砍掉田壁上长满的杂草、荆棘和树丛。高的砍起来可要费一番功夫，得抓住树干或荆棘爬上田壁，借着树丛或芒草的根部，找准能站稳脚的地方，又要在砍的过程中够得着田壁顶端，才能把田壁上长的东西砍干净。我还得用两把刀换着砍，趴在田壁上一会儿用轻一点的刀砍，一会儿又换上重一点的刀才能砍掉上面长有婴儿手臂粗细的构树或五倍子树。这两种野生树长得特别快，三两年就会长得这么大。我就这样爬上爬下把上面长的东西砍下来，上上下下在田壁上爬了数十次，使劲地砍，戴上线手套的右手背还是被刺出了血，即使出血了很疼还得继续干。我不能知难而退，只能迎难而上，要不然荒田荒地就穿不上新衣了。累了稍微休息一会儿，渴了喝口带来的水。为了多干点活，午饭在小姑妹家吃了碗抄手对付。三个人在地里干了十来个小时的活，累得都没怎么说话。天暗下来收工回家时，这块田壁才砍完了大约四分之三。然后坐上亲戚开的车回到城里，洗去一天的疲惫，请先生用针挑出扎进我手指里的三棵刺，再用酒把刺破的伤口消了毒，才休息。

第二天早上起床时，发现我的右手小指又肿又痛，仔细查看无伤无刺，可能是砍的时候用力过重，时间长造成的。吃罢早餐，又坐上亲戚开的车来到田地，我照常砍昨天未砍完的田壁，剩下的这部分砍起来更辛苦，全是难砍的芒草、五倍子和构树，芒草根部从一小根发展到一大丛，比两个人叠起来还高，叶子带着锋利的锯齿，手要是不戴手套，被它锯一下就会鲜血直流。这些东西砍掉后，还得用锄头把它的根部挖掉，要不然会"春风吹又生"，一年就能长出一人多高。正值农历二月末，太阳当顶，天气乍暖还寒，我们砍完剩下的田壁已近中午，然后开始集中打整田里了。我们先把田里经一冬三月霜雪打枯的乱草点燃烧掉，再继续砍着田地里的其他杂草、杂刺、杂树，大笼大笼的芒草和长大的构树，特别是田中间的一大片刺蓬，许多刺藤你牵我拉地搭成了一张大网，砍起来不知从哪儿入手，我绕着刺蓬走了几圈，还是没找到从哪儿开砍好，结果我随便找个地方一刀使劲砍下去，一根长刺突然弹过来打到我的脸上，我马上感觉左脸颊有股热流，顺手一抹，便是满手的血，妹子赶快用餐巾纸给我堵上出血的太阳穴，还好，过了一阵就不再出血了。不行，得想个办法，要不砍的时候还可能受伤。亲戚说先砍掉刺的根部才行，于是我们就小心翼翼弯腰弓背抱着头，弄了半天才钻进刺网边缘，又不能抬头，只好伸出拿刀的右手从刺蓬的根部割断了离得最近的，但刺抓头抓脸扯衣裤，仍使我们无法深入，只得护上头脸弯腰弓背地退出来。我看出来了，即使从刺的根部砍断刺网，它们仍是你拉我牵地站在田地里。办法是人想的，活人不能让尿憋死。我在砍倒的构树上剃一根带杈的树枝做杈子，左手用杈子叉上要砍的刺，右手拿着刀一刀一刀往刺上砍，这样既能保护脸和手不被刺抓伤，砍起来又使得上劲。虽然费劲，但长在田地里的刺网终于被我们砍掉了。"世上无难事，只怕有心人。"这句话一点不假。

天已不早，我们决定先把昨天砍倒晒过两天太阳的"荒"烧掉。我们三人齐动手，或剁下昨天从田壁上砍下来的刺网和树干，或砍来长一点的树杈，把所有乱七八糟的东西分点翻叉在一起，再收集些干柴草分放在底下用来引火。火点燃后，又把所有能燃烧的东西都扔进去，先让火旺起来。火一旦旺起来什么都能燃，我们再把那些剁过的乱草、刺网和树干弄进燃旺的火芯里，一层层堆放上去。火越燃越大，这时"湿柴也怕大火"了，所有砍下来的东西都燃了起来。为了轻松，我们把砍下的东西分五堆来烧。为了烧尽燃过，我们辗转站在每堆火边，不停地把远的烧不着的弄进火心去，使它们被烧得彻彻底底。结果我们三人都弄得灰头土脸，才把砍下的东西烧干净了。

第三天，我们三个再次来到这块田地里，这回是打整地里的细活儿，我和妹子一直弯着腰用刀割着那些趴在泥土里长的藤藤网网和它们的根，有些根经过两三年的壮大，已长成疙蔸网，必须把它们从地里扒起来，要不然这些藤藤根根的东西在翻地的时候会缠死旋耕机，使旋耕机走不动，甚至会绞坏旋耕机的刀叶。到午后吃饭时，我的腰疼得直不起来了。可能是弯腰久了，脊椎开始反抗吧。亲戚就用锄头挖田壁上和田地里砍了留下的芒草丛。幺舅是当地70多岁的老农，还专门到地里给我们做了示范，教我们挖它时得从根部扒起，我们在他的指导下，拼命做着这个费劲的力气活儿。亲戚也一连挖了 5 个多小时。我们还得把扒出来的芒草丛的疙蔸弄走，因为这是个"野火烧不尽，春风吹又生"的东西。下午，我们清理并烧掉了田地里的所有杂乱，才基本完成这块田地的砍烧工作。

第四天和第五天，我们又在其他几块土里干了两天同样的活。这才全部干完了几块地砍烧的工作。

回到城里后，我右手的几个手指肿痛了一个星期，腰也整整痛了一个星期。被刺抓破的伤口其实还好得快些。

虽然累过痛过，但我高兴着，因为离给我的荒地穿新衣走完了第一步。

3

给荒地穿新衣的第二个程序就是翻地。现在的农村传统牛耕时代已经过去：地种得少，没人养耕牛来犁田翻地了。目前就两种方式翻地，机耕或人挖。显然我那几亩地只有机耕了，人挖的话辛苦不说，耗时太长。邻里们到处帮我打听哪儿有带机耕地的人，好不容易才从几里外的村子请来一位。但因我那地荒了两年，已是树根密布地下，所以第一天耕地的时候，就把旋耕机的刀叶给绞断了，虽然换上配件终于翻完了那块凹地，但是耕地的人心中不快，他说那地根根头头太多，不好做，还说剩下的几块土他是不给耕了。

第二天，嫂子和我给他说不尽的好话，还加了钱，他才勉强答应多给我再翻上两块园子。结果还是剩下两块园子没翻，因为地不在同一个地方，搬机器难。我不好再说什么，剩下那两块园子只得用锄头挖了。

第三天，我再次请亲戚开车来到地里，三个人用锄头一锄一锄地挖。一边挖，还一边把挖出来的趴地瓜、千里光、糯米藤、荒草丛、刺蓬等的根抖出来并扔出土地外的空地上。三个人就这样认认真真挖了一整天，天黑的时候才挖完了那两块地。可当取下手套时，才发现我左手掌的中指和无名指处被打出了两个黑亮亮的血泡。

下一轮活就是挖栽树的坑了。

我休息了几天，再次来到地里，拿来两根拴上长绳子的一米长木棍，按照园林专家种红豆杉窝距、行距均2米的要求，横竖比上两木棍，然后把两根木棍分别插到田的边缘，顺着两根木棍之间的绳索，在到点的地方一锄一锄地挖出一个个栽树的坑来，就这样，我和妹子两人重复做这些动作，两天才挖完了栽树的坑。

接下来还有搬运树苗、栽树、剪枝、淋水等活要干。

4

做园林的朋友从湖北运来了一批树苗，给了我一些。车开到离地最近的地方，边数边下，按照预计数分三个地方来下要栽的树苗。

这批树苗全是红豆杉。小的有大拇指粗，大的直径约两厘米；高的有两米多，矮的也有一人高。树苗的根部还包着一块种苗场带来的泥土，每一根都重重的。

车不能完全开到要栽树苗的那块大田去，只能把树苗卸到离地约200米的地方。来了八个帮忙搬运树苗的自家亲人，他们七手八脚地把树苗扛在肩上往地里搬，他们都尽自己最大力量扛，男的一次只能扛5根，女的只能扛3根，9个人肩上扛着树苗来回穿梭，走在进入地里的同一条路上。天公不作美，这天风有点大，加之又在河边，扛着树苗有时候走不稳，甚至遇上一股突来的风，扛着树苗会顺着风向转上一圈才能站定，我在搬运的过程中就被风弄了几次，还一不小心连人带树被风刮倒在地。本来扛上带泥土的树苗就够辛苦了，再迎着风扛当然就更辛苦，人人都累得大汗淋漓，气喘吁吁。还好，人多力量大，运来的几百棵树苗两小时就搬进地里了。

这回就是把每棵树苗栽进挖好的土坑里。栽树时两人搭档完成一棵，一人拿着树苗并负责解开包着树苗根部泥土的包装袋，另一人拿着锄头负责掌握土坑的大小深度，如果达不到栽上这棵树苗的要求，就得再挖一挖，修理修理，再把树苗放进坑里扶着，让树苗不偏不歪，然后拿锄头的人一锄锄挖泥土把坑填满后，用脚踩或用锄头把填进去的泥土弄紧实，再刨些泥土把树苗围起来。如果树苗没栽直还得扶着树苗用泥土把它弄直，要不然树苗会歪着长。不是说得从苗苗育起吗，就是说一定要在栽树时把树苗栽直。园林专家也特别告诫过树苗必须栽直，否则会影响树苗的生长。我们9人齐心协力费了两天劲，终于把运来的几百根红豆杉树苗全部栽进地里了。我一根根检查，发现有栽得不直的，又搬些泥土来塞一塞，再用脚踩踩，直到把树苗弄直为止。经过几小时的查看扶正，才基本算完成了栽树的程序。回头一看，我的荒地终于换上"新衣"了。

为了保证树苗的成活率，还必须得剪枝和淋定根水。

5

根据园林专家的指导，树苗栽到地里了，还得剪枝、淋定根水。剪枝是为了保持树苗根部的水分不从多余的枝丫散发掉，要把大部分水分保持在树苗根部。淋水是让栽进地里的树苗的新泥土跟树苗原来的泥土黏合在一起，便于生出新根，这样树苗才定根快，成活率高。

做园林的专家朋友带着专业剪小树枝的剪刀来地里给我做了示范。他因为太忙，剪了两三根就匆匆走了。新栽的树苗，得把大部分枝剪掉，并贴近树苗干剪，只留下三两枝，现在是要小树苗活过来，不是做造型的时候。我照着园林专家朋友的示范和指导，开始完成剪枝的活。我小心翼翼一根根地剪着小树苗上的枝，却生怕一不小心伤了树苗。树苗大点高点的要剪掉七八枝或十来枝，小的枝丫好剪，一下就剪掉了，枝丫粗的得左手帮忙，两只手抱在一起使劲才能剪掉，有的还得剪几下，才能剪掉一根枝桠。每棵小树苗上留有的三两枝已只得留下三至四寸长，多余的也得剪掉。我把剪下的树枝顺手盖在小树苗脚下，让树苗脚下的水分挥发减慢。就这样，我剪了两个大半天，总计十四五个小时吧，才把小树苗的枝剪完了。这时，拿剪刀的右手也疼得捏不到一块了。

最后一关是淋水。水得从离地最近的河里挑，距离有 300 多米，挑水是个难事，我自己又挑不动，得请人挑。现在的农村，除了 70 岁以上的老人和上学的孩子，基本没有壮劳力在家种庄稼。亲戚们通过电话，联系到一个在当地打零工的王姓妇女，她四十多岁，能干力气活。早晨 8 点开始，她挑我淋。挑水时是用两挑水桶交换着挑，我一挑水淋完，她挑的下一挑水正好赶上，我专心致志地把水从水桶里一瓢一瓢舀出来，从小树苗主干跟土的接合部慢慢淋进去，让水浸入树苗根部的泥土，使树苗根部的两种泥土黏合在一起，树苗的成活率就高，这叫给栽的树苗淋定根水。每一根树苗我都给淋上两瓢定根水。专家说，即使天天下雨，这定根水也不能少。淋水时，不浸水的泥土还得用木棍撬松，保证水流进树苗根部。小王不停地挑水，累得大汗淋漓，背部衣服都湿漉漉地能拧出水来了。她每挑一挑我都说太累叫她休息休息，淋不完明天再来，她总是说："你不累就行，赶紧一天淋完。"我感动得不知说什么好，可能这就是劳动人民的纯朴吧。我也不停地在地里一伸一弯地淋着水，不敢偷懒。日近黄昏时，我终于淋完了所有树苗的水。一连干了十个小时，也干得实在太辛苦了。我说着很多感谢小王的言语。回家的路上，她边走边讲，说是共挑了 30 挑水。工资的事这中间还有个小插曲，她来时，嫂子给她讲好的 120 元一天，我说给她 150 元。嫂子说，当地女劳力干活一般是 100 元一天，我给得太多了。结果，我见她太辛苦，又主动增加了 50 元，付给她 200 元工资，还外加一包香烟。香烟她不要，说不抽，我说："拿回去给当家的抽吧。"她这才接了过去。这使我体会到，在农村干活挣钱真是太不容易了。

淋了这一天的水，我回家后腰疼了一星期直不起来。

过了几天，专家朋友又去我的地里看了一下，发现我剪的枝并不合格。原来，我担心剪得太靠树干，怕伤着树干，所以多数都留有一两寸长的桩；又怕剪得太多，把树苗给剪死了；还有些太高的，舍不得剪掉高高的树梢。我没办法，只得再花了整整一天的时间，补剪了一次。

终于大功告成，我的荒地变了样，换上了新衣。我把从荒地换新衣的每个环节的劳动过程的照片发到朋友圈，点赞的朋友数不胜数。"功在当下，利在千秋""劳动光荣""太厉害了""辛苦了"；"耍得不耐烦又去种地了"……我的统一回复是："不是有'一碗泥巴一碗饭'的说法吗？国家再好，钱再多，地也不能荒啊！"

接下来就是天天的牵挂。如果天不下雨，开始得一星期淋一次水，需得连续淋三次，否则树苗会死掉。为此，我每天都关注天气预报，每天都看天会不会下雨。即使下雨了，我也会想，雨是不是太小了，没有淋透啊。还常常打电话给我的小姑妹，问那里雨大不大，树苗发芽没有等等。

到我写完这篇稿子时，我的小树已基本长出了新芽，发得好的已经有两寸多长了。

我希望农村所有荒废的土地都能换上新衣，美丽起来。

2017 年

母亲照顾孤寡老人

母亲虽然离开我们一家四十年了，可她照顾孤寡老人的事迹却令我难以忘怀。

20 世纪 70 年代，我家与一位孤寡老人成了近邻，相距不过百米。老人姓吴，原本住集体保管室，七十岁后就搬来我家对面跟他侄子一起居住。他侄子也是单身，当时快五十岁了，叔侄俩住一块很和睦，挺好的。可老天不眷顾老人，与侄子一起住了三年多，侄子因急性肚子疼痛死了，走在了他的前头。就这样老人又孤独地生活着，刚开始老人自己砍柴挑水煮饭还能度日。

母亲是个热心人，不管是干活还是赶场经过老人院坝时，都要去老人的门口喊声"表叔"打个招呼，问他吃饭没，盐吃完没。我家从四川搬来定居还没几年，跟老人不沾亲，是母亲跟当地人认亲喊老人表叔的。慢慢地，老人的身体就干不动砍柴挑水的活儿了。老人与我家在一口井里挑水吃。老人挑水相对要远一些，有七八百米。母亲就承担起了给老人每天担一挑水的任务，有时母亲实在忙不过来，就安排我和三妹放学回家先给老人抬完水，然后才干自家的活儿。每个星期天还得在老人房后的山林砍下两背柴火给老人放家里。这是母亲安排给我和三妹必干的活儿。老人每月吃一斤盐是母亲按时买给他的。买盐的钱是每个星期天母亲起早贪黑赶场摆地摊卖草药和药酒换来的，赶场得走两小时多的山路。那时是大集体，谁家的日子都过得挺艰难。这样的日子过了大约四年吧，到了这年秋收农忙时节，有一天母亲在老人房门外喊"表叔"的时候没有应答声，母亲赶忙进到他家里一边喊一边搜寻，这时老人无力的回应声出现在床上，母亲提着的心才落下了。母亲慢慢扶老人坐起来靠在床头，老人已经一天没吃东西了，母亲先烧水给老人喝了后，才找出老人的米煮了点稀饭让老人吃下，事后母亲总唠叨老人无儿无女的可怜。此后，我们每顿饭一煮熟，不管是干饭稀饭还是菜饭红苕洋芋饭，母亲都要先让我们给老人送一碗过去。母亲白天集体干活，晚饭收拾完家务不管有多累，都要轮流带上我或三妹、小弟去一趟老人家里看看，陪老人说说话。老人衣服脏了没换洗的衣服，母亲常常是今夜让老人脱下贴身的衣服，帮老人把外衣穿上弄好。把脱下的衣服拿回家洗干净用炕笼放火箱的炭火上烘，第二天起床衣服就烘干了，又叫我们把洗好烘干的衣服送过去让老人穿上。母亲晚上又去把老人的外衣拿回连夜洗好烘上，起床后就立马给老人送去让老人穿上洗好的外衣。在那个缺衣少食的年代，也只能这样洗内衣穿外衣，洗外衣穿内衣，轮换着给老人洗洗衣服。母亲就这样照顾着老人。可刚进入冬天，老人的身体更不行了，吃饭都要靠喂食来完成。母亲每天参加完队里的劳动，还坚持喂老人两顿饭。老人倒床久了生了虱子，母亲买来"六六六"粉给老人脱下的衣服里面的缝隙里撒上点儿揉搓一下，然后展开放火上烤着抖下衣服上的"六六六"粉和虱子，抖干净后重新给老人穿上。在那个贫穷没衣服换洗的年代这是最好的办法，既消了毒又除去了衣服上的虱子。就这样三五天的要给老人除一次虱子。后来，队长估计老人的时间不多了，就给母亲每天放半天照顾老人的假。大约一个月后，老人安静地走了。生产队安葬老人那天，母亲还流下了好多的泪水。

母亲虽然离我们远去很久了，但她照顾孤寡老人的事迹却刻进了我的灵魂深处。

2021 年 12 月 13 日

端起柱头让碌磴

一九八二年农历四月十九日，我的母亲病重，在医院撒手走了，那是我少女时代最悲哀最痛苦的一件事。

我家是 20 世纪 70 年代初从四川搬到贵州绥阳一个偏远的高寒村定居的，没亲没故，家离公路有十多公里的羊肠小道，条件非常艰苦。母亲走后不久的一天，我到因与母亲同姓认的一个"大舅"家去，大舅娘对我说："萍啊，那天你来请你大舅去医院抬你妈回家，一去一来抬人最快也得六小时，我是端起柱头让碌磴啊！"当时我还是个懵懵懂懂、不知世事的少女，没听懂大舅娘这句话的含义。后来晓得了事情的原委，待我结婚生了孩子，才知道"端起柱头让碌磴"的情意有多重。

那年我读初三，母亲已在病榻上躺了近两个月。四月十九日的头天晚上，母亲才决定要去医院医治。天刚蒙蒙亮，家里请来两位邻居帮助抬母亲去十五公里以外的山下旺草区医院医治。我在后面跟着走，那天不知是什么原因，我一走肚子就痛，走得越快肚子痛得越厉害，我就在后面走走停停地追赶，与抬母亲的担架离得越来越远，后来竟远到了我的视线以外。当我紧赶慢赶来到医院时，抬我母亲来的两位邻居早已经走了。我看见护士正取下给母亲输液的药瓶和输液管提走，父亲正在给母亲做心肺复苏，哥哥哭喊着"妈"，我站在病房里，大脑一片空白，手脚不知所措，心里总想着：我妈妈不会死的，怎么会死呢？一会儿，父亲也很伤心地哭起来，我这才回过神来，跪着趴在母亲身体上撕心裂肺地哭起来。不多一会儿，哥哥一把将我提起，叫我赶快回家请大舅和姐哥把妈妈的遗体抬回家。我也不知道我是怎样从山路上爬回去的，我只记得去大舅家院坝边便着急急地喊："大舅——大舅！"大舅从屋里走出门来，没等他说话，我急忙说："大舅，哥哥说请您帮忙，去旺草区医院抬我妈妈回家。"大舅迟疑了一下，进到屋里跟谁说了会儿话，立马关好门跟我出发。当天晚上九点多，大舅他们抬着我妈妈的遗体回到了家里。

在给母亲办丧事期间，我们才得知，母亲走的那天，大舅娘生下了他们的女儿。也就是说，大舅是在大舅娘在家里生女儿的时候，毅然答应了我的请求，离开大舅娘去抬我母亲的。

从少女步入老年，几十年过去了，大舅和大舅娘对我家那份深重的情谊总藏在我的心里。我有时会在冬天买两双棉鞋去送给他们，有时会在年节给他们一点儿零花钱，平时有时间去老家也会买点吃的去看望他们，这些虽抵不了他们对我家那份重情，但这样做了心里会稍微安宁一些。

过去，贵州乡村大多住的是木房，木房的每一根柱头都必须立在或方或圆的石磉磴上。端起柱头让磉磴，意为你家立房子，来我家借磉磴，我就是端起柱头也要把磉磴让给你，可想而知，这份情意有多重啊。

2023 年 3 月 14 日

父亲是党员

父亲是 2010 年 4 月 25 日凌晨走的，已经十多年了，可他的生命之光还照耀着我。

翻开父亲的遗物，有一本抗美援朝复员证，那上面清楚地记着父亲是 1952 年 3 月 1 日参加志愿军抗美援朝的。他参加志愿军时，家里有我的奶奶、一个傻子叔叔、两个姑姑，还有我的母亲和他们待出生的第一个孩子，也就是当年 8 月 4 日出生的我的哥哥。父亲 12 岁时爷爷就去世了，他小小年纪就成了家里的顶梁柱，在这样的情况下父亲却毅然决然地参加志愿军保家卫国去了朝鲜。

父亲在部队当过战士、观测员、侦察兵和班长。在战斗中父亲曾受过伤，他的左手弯从我记事以来就伸不直。听父亲说在一次战斗中因躲避敌人飞机的轰炸，在防空洞里被垮塌的泥土压伤了左手肘留下的后遗症；父亲长期拉肚子，每天晚上睡觉都得起来五六次，也是在那场战争中，是美军使用细菌武器使他患上了这个不治之症。

父亲在抗美援朝战争中战斗了四年多，1956 年回国后分配到张家口地质学院学习，后来分配到 214 地质大队在塘沽、侯马一带工作，建设新中国。父亲说他是党员，应积极响应党中央支援农村建设的号召，所以于1962年把早已迁往父亲工作单位的母亲和我姐又迁回到四川老家农村参加生产队集体劳动。在劳动中，由于抗美援朝战争留下的病根，父亲经常住院，不光给家庭带来严重的经济负担，还在政治运动中受到批斗。但父亲却常说，他是一名共产党员，不能跟政府作对。1971年冬天，他带着我们一家八口迁往黔北的一个高山顶定居。队里本来有两名党员，父亲来后组建了一个党小组，队里的很多事都在党小组会议上研究决定。我记得有一年谷芽撒进了秧田里，由于是高山，气温突降，那些谷芽大多坏死了，出秧率不高，所以到插秧时，队里便有十多亩田没秧子栽了。看着打好的一坝水田，父亲跟队长急得像热锅上的蚂蚁，如果这坝田没栽下秧子去，到时除去上公粮，队里的粮食就不够吃了。后经党小组跟队长会议决定，除了岁数较大的两位党员在家等候外，全队男劳力两人一组分成六个组出去寻找秧子，看山下十里八乡哪个队有栽剩下的秧苗，只要秧田里还有秧子就去找当队长的商量，另一个人回本队来报告，没找到秧子的天黑之前必须全部赶回来好安排。还好就在出去的头一天，有两个小组翻下山，去一个叫碓窝圩的地方，相隔不远的有三个队的秧田里各剩下一些秧子，估计了一下，要是全都支援我们的话，我们的十几亩田就都能栽上。天黑之前，父亲和队长他们都赶回队里了，知道碓窝圩那边有秧子，父亲跟队长打着火把翻山越岭走一小时多山路来到碓窝圩，找到先前等候在那里的两位本队社员，有两个队已经说好了，把栽剩下的秧子都让我们扯去栽，可秧子剩得多的那个队的队长说是给他们三区那边差秧子的队留的。父亲他们三人一起找到那个队长说了不少好话，可那队长还是那句话，给本区差秧子的留着。他们队跟我们队是两个区的交界处，我们队在山上属五区管辖，他们队在山下属三区管辖。父亲和队长好话说尽也没能说通那个队长。父亲跟本队队长商量决定，队长赶回去等天亮组织社员把说好的另两个队的秧子扯回去先栽上，他留下去找当地大队支部书记了解一下情况，请他帮帮忙。天刚亮父亲就去当地支书家说明来意，支书说他们的队长说的也对，不过看着我父亲大老远跑来找他的一片诚意，就陪着我父亲来到碓窝圹的队长家，把那队长叫到一边谈过话后，支书当着父亲的面说，以后碓窝圹的社员翻上山砍柴时别收走他们的背篼，送些柴火给他们烧火煮饭，米要有柴火烧才煮得熟。父亲听懂了支书话里的话，原来是他们队的社员砍我们队的柴火被没收过背篼。父亲赶忙答应以后多送些柴火给他们烧，还说你是支书我是党员我们说话算话，照支书的话办就是。通过父亲的努力，在那大队支书的帮助下，队里的十几亩田终于全部栽满了秧子，这下可以大大减轻队里上百口人面临来年饿饭的困境了。

我们家有一个小木盒，是父亲专门用来储存党费的，不管怎么困难，父亲都会一分钱一分钱积攒下来放进小木盒锁起来，积攒满一年的党费就上交。我们刚搬来贵州定居的头几年，我们上学交不起学费，父亲会找老师说好暂时欠着，有时要欠上一学期，甚至一年才交得完。可父亲的党费不会拖欠，他总说他是共产党员，不交党费是要脱党的。

1974年打小峰坎隧道时，五区的每个生产队都必须派一至二个男劳动力到小峰坎打隧道，我们居住的生产队人口少须派一人去小峰坎，开会时，谁都不愿报名，队长指派家庭有两个男劳力的主动报名去一个，结果都是推三阻四的，说家里有老人或有小孩要照顾，出去虽然都是按工天计工分，由于我们队离小峰坎有30公里的路程，除了工地放假平时回不了家，照顾不到家庭，所以谁都不愿去。队长说他家几个孩子都不太大，要不他去，三个党员齐声说那可不行，队长都走了，谁领导队里的社员干活？三个党员相互看了看笑了起来，父亲说两位党员大哥都快六十岁了，还是我去吧，谁叫我这个党员比你们年轻。父亲一去就打了四年的小峰坎隧道，直到 1978 年小峰坎隧道全线打通才回家，四年中没有换过一个人。由于父亲经常拉肚子，所以在打隧道时不知吃了多少苦，受了多少罪，但他没有哼一声，也没有回家抱怨过。

改革开放头几年，父亲租大队办公室开了个杂货店，并利用这个阵地当起了义务调解员。刚开始，附近邻里之间或家庭发生了矛盾纠纷，就有人来店上找父亲去给他们调解。后来调解得多了，远的也来找父亲去调解。有一回，符姓两兄弟因土地纠纷，闹得不可开交，没办法，符家人便把父亲请了去。父亲到时，那两兄弟各自还提着把刀，气愤地对峙着，父亲苦口婆心地劝说了好半天，兄弟俩才扔下了刀，说他们都听姚伯的。在父亲的说服调解下，两兄弟都认识到了自己的错误，说不再闹了。一场险些发生的惨祸，在父亲的调解下避免了。父亲开店那些年，有时白天关上店门耽误生意去调解，有时夜半三更也去调解。那些年，由于父亲不计得失的义务调解，给当地百姓化解了无数纠纷，避免了许多矛盾的激化暨惨祸的发生。我问父亲累不累，父亲总是回答："我是党员，我不累谁累？"

这就是我的父亲，一个不忘初心的共产党员，他虽然已经离开我们十多年了，但他那共产党员的形象依然留在我的心里。

2022 年

与三姨小聚

快六十年了，在这个十月里，我和三妹才第一次见到了三姨。我们在一个"雅而安"的城市相聚。

之前我虽然告诉三姨我们国庆节要去看她，但老人还是有些激动，早早地就到了公交站牌处迎接我们。我们一下公交，三姨便迫不及待地拉上我姊妹俩的手，唠唠叨叨，问寒问暖，一起来到她家。

三姨在母亲姐妹中排行第三，现已耄耋之年，但耳聪目明，腿脚硬朗，思维敏捷。姨父走后她一人居住，买菜煮饭，洗衣擦地，都是自己动手。在我的记忆里，母亲的口中她们兄妹五个中除了舅舅，只有三姨是个读书人，她随姨父去了部队，也是她们姐妹四个中最有福气的一个。三姨告诉我，她自己能做的事就自己做，暂时还用不上保姆，要等自己真的不行了才考虑请个保姆。

和三姨相聚的日子，她总把我们姊妹俩当小孩，每次出门前总要找出羊毛衫、风衣、T恤、披肩、背心等一大堆衣服要我们挑最好的穿，还要让我们穿厚点，说雅安天气变化快，别冷着我们。我们也会听她的话穿上外衣或披肩，走近穿城而过的青衣江，到岷江高大的风雨桥楼上，观看江面的宽阔气势。三姨说雅安有个名人杨皮匠，几代人创下的基业是皮鞋厂，在青衣江岸有杨皮匠的塑像，还有大皮鞋历史塑像做证。

照相时，三姨都会拉着我姊妹俩的手照，说是要永远和我们在一起。相聚的日子，三姨白天陪着我们玩，还陪我们吃雅安城的特色小吃牛肉干、锅盔、炸酱面、酱鸭、酱肉等，我最喜欢吃的是锅盔，雅安的锅盔有两种口味：甜和椒盐。我特喜欢椒盐味的，它的特点是干香麻，还顶饿，吃一个能顶半天。

到晚上坐下来，三姨就给我们讲她和我母亲的姐妹情，或关于母亲的故事。

三姨说她和我母亲1963年正月在贵阳一别，从此无见面之日近60年了，我母亲已于1982年去世，她没能还上我母亲的一点情，是她最大的遗憾。三姨说我母亲大她十岁，她小时候常跟着我母亲转，母亲干活时她也跟着，跑不赢就在后边喊："姐姐，我怕，我怕！"母亲总呵护着她说："别怕，有姐姐在哩！"1962年底，三姨父从部队拿上批准他结婚的证明回到地方老家，经人介绍跟三姨见面论婚，通过体检，身体合格，三姨就与姨父办了结婚证，算正式结婚了。母亲连夜连晚给三姨赶缝了一套嫁衣，让三姨穿着随姨父去部队。三姨说，母亲背着我，从重庆石壕万隆街上老家把他们送到贵阳。在贵阳车站分别时，母亲脱下身上唯一的一件毛衣给三姨穿在身上，她们姐妹俩哭得难解难分，那一别就再没见过了，成了三姨终生的痛。

三姨还说我母亲从小就很苦，结婚前一边干农活一边卖酒赚钱让家里唯一的男丁舅舅上学，结婚后跟着我父亲白天干农活，晚上背矿石走几十里山路去卖，一背矿石能换回三角钱。后来父亲参加志愿军抗美援朝走了，扔下了我的奶奶和两个姑姑与一个有病的叔叔，还有快出生的我哥。三姨说我母亲除去干犁田打耙承担男人所有的活外，还得抚养我哥，并受奶奶的折腾。三姨边说边流泪，我们也听成了泪人。

我感觉这话题太伤感，打开手机喊三姨快看：我不知怎么搞的，莫名其妙把她的照片发到我朋友的微信里了，朋友问是不是给他介绍的老伴。三姨听了马上破涕为笑，把我们仨笑得前仰后合的，说："姚老二真搞笑，把我们肚子都笑痛了。"

三姨还告诉我，母亲生下我的时候，外婆让三姨带了几个鸡蛋去看望我母亲，我母亲住在玉米秆搭的窝棚里，她从玉米秆子里爬起来把我抱上递给三姨，并自己煮了一个三姨刚拿来的鸡蛋吃，三姨说她双手捧着我不敢放下去。三姨说我是在玉米秆的窝棚里出生的，可苦了我的母亲。

这个十月和三姨相聚相处的日子，她给了我们两姐妹母亲般的爱，并时时唤起童年般的欢乐。时间很快流逝，相聚了一周，就要分别了，三姨哭得像小孩，我们拥抱的那一刻，真的有相见亦难别亦难的切身感受。

2021 年 10 月 15 日

书香之家

2014 年 4 月，我家被国家新闻出版广电总局授予"书香之家"称号，并授予证书与牌匾。这是国家级首届"书香之家"评选，我家能评上，真是莫大的荣耀。

我家有藏书上万册，以文学、历史、哲学为主，兼有少儿、科普、医药等方面的图书。

我先生从小喜欢买书读书，1986 年我与他组成家庭时，他什么都没有，但却有上千册藏书，以后每个月都要挤出一些钱来买书，每年总要订几种报刊。1989 年，我在家里开了个租书店，把家里的图书租给好读书的人阅读，同时将租书所获又拿去买书，使家里的书越来越多，我们也如饥似渴地阅读着。先生大量读书写作，也在报刊上发表了很多作品，有了些小成果。

1994 年初，县委宣传部把他调到绥阳报社工作，我也帮宣传部到各单位征订和投送内刊与《绥阳报》。我还专门腾出赶场天，到街上摆地摊卖旧书。我一边卖一边从收废品的商贩手中选出自认为有价值的图书买回来，经过先生精心挑选收藏一部分，再把其余的卖出去。记得有一回，邻县四面山街上有家书店停业，我去全部盘下拉回，挑选出很多好书，余下的卖了好久。几年下来，我家藏书增加了很多，我也读了不少好书，如《古文观止》《道德经》《三十六计》《读史有智慧》《中国新文学大系》等。读多了就有了写作冲动，1997年下半年，我也开始写起来，最先一天要写好几首儿歌，在先生指导下投递出去也发表了一些，有些还获了奖。就在当年杀猪灌香肠时，我写了篇《香肠好馋人》的散文，在《遵义日报》副刊发表，成为我的散文处女作。接着我又写了不少散文、随笔、故事、小小说，在全国各地的报刊上发表。2004年，我的第一个作品集面世。2005年我有幸加入了贵州省作家协会，同年又成为中国散文学会会员。

我女儿吕寻在书堆里成长，也热爱上了文学创作，中学时代就开始在《中国校园文学》《少年文艺》等刊物上发表作品，15岁就加入了贵州省作家协会，成为当时贵州省作家协会年龄最小的会员。北方妇女儿童出版社2003年还出版了她的个人作品集《幽默工厂》。

我妹妹的女儿邓嘉雯在我家长大，受其熏陶，5岁时口述的童话和儿歌，就陆续在《娃娃画报》《作文大王》等十多家报刊发表。5岁时的儿歌《太阳花》竟获得了遵义市"金鼎杯"青少年诗书画大赛诗歌组一等奖。7岁时，北方妇女儿童出版社也公开出版了她的个人作品集《机器斑马》。

女婿王荣飞有一定的写作基础，2009年到我家，受其影响，进步很快，创作的寓言作品《黔驴后话》获全国第九届金江寓言文学奖，后来出版了《"叩头"的秘密》等七本科普童话集。

我先生吕金华已有各类图书80余种面世。寓言《兔岛上的狼》获全国第八届金江寓言文学奖，入选新加坡中学华文课本，并制作成动画片传播。40万字寓言集《金华寓言》获全国第五届金骆驼创作奖一等奖，被中国寓言文学研究会评为新中国成立以来 35 部寓言名著之一。他的寓言剧《鼻子逃跑记》《张果老砍桫椤树》分别获全国张鹤鸣戏剧寓言奖第一、二届冠军。他的《种猫得猫》等四篇童话获得了冰心儿童文学新作奖。他于 2019 年加入了中国作家协会，2024 年 9 月，值中国寓言文学研究会成立四十周年，他被该会授予"优秀作家"称号。

我们一家还坚持业余指导中小学生读书写作，经指导的学生近 2000 人，有 100 多名学生发表过作品，还有的加入了贵州省作家协会、全国小作家协会等。我家还把大量书籍赠送给身边熟人、朋友，以及相关学校。我还教身边没上过学的人识字，并资助过贫困学子完成学业。

2018 年，我家作出一个决定：专门收藏与家乡绥阳县相关的古今图书资料。说起容易做起难，因为只要发现一本与绥阳相关的书，一张与绥阳相关的报纸，不惜重金也要弄到手。记得我先生就曾经花 500 多元钱买过一张登有绥阳消息的旧报纸。至于图书，老一点的，花千儿八百去买更是常事。孔夫子旧书网是他每天必须光顾的网站，遇到熟人也要问人家有没有族谱之类，能否借来复制。所以，这几年我家每年都要投资上万元购买和复制与绥阳相关的图书和报刊。现在，我家单与绥阳相关的图书就有近两千册，与绥阳相关的报纸已有几千张了。我先生就凭着这些收藏，加上田野考察，写出了《绥阳县古近代诗歌史》《绥阳古遗汇览》《绥阳县历史大事记》等十多种绥阳题材的文史图书，正为绥阳历史的丰富与重构做着贡献哩。

我们这个"书香之家"，是整个家庭长期努力的结果。

2024 年 10 月

疫过天晴

2022 年 8 月 4 日，我县检测出一例新冠肺炎无症状感染者，系外省来黔人员，第二天，又在那名无症状感染者的密切接触者中检测出一例确诊病例。疫情袭来，绥阳干部群众高度紧张。正处于暑假中的多家校园被辟为隔离点和备用隔离点，数千张床铺很快铺好，一间方舱医院也紧急建立起来，遵义市及邻近县的大批医护人员紧急赶赴绥阳。于 4 日至 5 日在蒲场、风华两镇相关村和社区开展核酸检测的基础上，县城于 6 日开展了第一次全员核酸检测工作。7 日，蒲场镇、风华镇全域，洋川街道、郑场镇划定区域又将开展新一轮全员核酸检测工作。

7 日凌晨 4 点多，响起了急促的敲门声，先生起床打开门，原来是县机关工作人员通知并登记，要求全员核酸检测。显然，为了保证县城居民无一漏检，相关干部一晚上都没有睡觉，每人包片包点逐家逐户上门通知并登记，这项紧急任务将在天亮前完成。我们小区有两千多户，工作量挺大。小区物管发了一张照片在物业群里：有个准妈妈拖着有孕之身，凌晨 3 点，也在本小区一家家上门通知登记。为了守护百姓的健康，广大医护工作者和各级干部，真是太辛苦了！

天刚亮，工作人员就把核酸检测物资，以及帐篷、桌凳等搬到小区并布置好，还接通了电源，做好了一切开展核酸检测的准备工作。

我们幸福小区设有四个核酸检测点，我家居住的楼下就有一个点，这个点管三栋楼六百多户人家近两千人的核酸采样工作。下午1点，采样工作正式开始，小区住户以家庭为单位，排着长长的队伍依次接受采样，秩序井然。到下午5点左右，全小区四个点的核酸采样工作顺利完成。晚上九点过，结果出来了，全县共完成采样186430人，检测结果均为阴性。

我有个准外甥媳妇，是凤冈县的一名医生，叫胡宇，为了支援我们绥阳的抗疫工作，5号晚在医院待命，6号凌晨4点出发，天亮来到绥阳，立马投入了核酸检测工作中。晚上住服装城临时安置点，那里条件不好，洗澡不太方便，得排队。在三十四五度的高温下，穿着防护服工作了很长时间，又热又累，已经两晚上没睡好觉了。我妹妹打电话给我说，胡宇工作的核酸采样点在县城幸福领航城，能否来我家住，让她好好睡一觉休息好点，我说叫她喊几个同事一起来住，我有套空房什么都有，我把床给她们铺好，钥匙给她们，这里离她的点很近很方便。但她晚上还是没能来，说是由于她们工作的特殊性，要统一安排统一行动。

根据疫情防控标准，我们县城在两次全员核酸检测呈阴性的前提条件下，8号一大早，老百姓自行来到诗乡广场，给前来支援的白衣战士们送上鲜花，在一浪一浪的感谢声中，由警察开道，把他们送出了县域。

疫过天晴，我要祝福全县广大干部群众，身体健康，幸福满满！

我外甥媳妇胡宇的婚期将在疫后二十天举行，我要特别祝贺她：疫过天晴，走进五彩缤纷的婚姻殿堂，幸福一生！

2022年8月

　　不管是家庭还是个人，在生活中，洗衣煮饭都是必干的活儿，而且得长期重复做。就拿洗衣服来说，几十年来我从没落下过。

　　我出生在 20 世纪 60 年代初，读小学三年级开始，每个星期天都要给一家八口人洗衣服一整天。因为父母和哥哥姐姐要参加集体劳动，弟弟妹妹们又太小，所以洗衣服这件事就落在了我的身上，这一洗就是好多年。那时洗衣服是一件挺麻烦又苦累的事情，每个步骤都得动手完成，而且农民干的多是脏活、累活，衣服脏得严重，洗起来实在费劲。

　　夏天还好，把全家人的脏衣服放在背篓里，加一块搓衣板和一把水瓢背着，提一个大木盆来到水井边，舀一大盆井水，给脏衣服洗个头道——用手搓掉脏衣服上的泥土或灰尘——然后又往大木盆里舀进适量的清水，加入适量的洗衣粉与水搅拌，再把搓衣板安放进大木盆，搓衣板的一端抵上木盆底的边缘，另一端桥在大木盆沿口上。搓衣板是根据自家的洗衣盆大小专门制作的，一面光滑，一面成梯形槽。我家那块搓衣板有两尺多长、一尺宽、一厘米多厚。将搓衣板梯形槽面向上，把洗过头道的衣服一件一件地放在梯形槽面上用力搓洗，如有油渍、血迹或粘上去的植物浆汁，实在搓不干净，就把搓衣板翻转，将脏衣服铺在光滑面上，打上肥皂或洗衣粉，用刷子反反复复使劲刷。如果衣布上还有印迹，便再一次在印迹处打上肥皂或洗衣粉，用大拇指指甲反复刮。如果还不能完全洗掉就不再刮洗了，要不然衣物的布料会被刮成孔洞，洗倒是洗干净了，待衣物晾干后还得打上补丁才能穿，在那缺衣少食的年代，会使一家人非常心疼。把所有衣服洗完，再舀井水装满大木盆清洗，每件衣服至少得清洗三到四次才能把衣服里的脏水洗净。我力气小，衣服拧不干，只能把这些"水货"放到大木盆里背回家，晾在院坝边的绳索上。这一周的衣服总算洗完了，但我已经累得瘫坐着不想站起来了。

遇上冬天，还得挑水回来烧热洗完头两回，然后装进大木盆用背篓背到井边清洗。要是洗被里、被面、棉衣、棉裤，或特别脏的外套，还得铺在搓衣板的光滑面上，一小块一小块用刷子刷洗，刷完后的每一件都得清洗好几次才能洗出清水，但更难拧净水分。不管是哪个环节，都非常辛苦。在冬天洗衣服时，我的一双小手总是被冻得青红紫绿，甚至生满冻疮。

我读初三时住校，也是周末回家给家人洗衣服，有时在家来不及洗，还把脏衣物带回学校洗。学校位于两条河的交叉口处，洗衣服特别方便。有一个星期，我把父亲冬天穿过的两件棉大衣带到学校，准备用休息时间拿到河边洗净晾干带回去，但总没找着时间，只好在星期六放学回家前，赶时间洗好了那两件棉大衣，晾在女生人宿舍的绳索上，用脸盆放在木楼板上接住棉大衣滴下来的水，然后锁上宿舍门赶紧回家。星期一大清早赶到学校，女同学们说，我晾在寝室的棉大衣滴的水流到了楼下数学老师寝室的床铺上，把老师的被子、床单、衣服等都淋湿了，吓得我赶紧去向老师道歉。幸好老师没怪罪我，只说我是个傻姑娘。我只得把老师那些被打湿的衣服、被里、被面、床单洗了，并不断地赔不是。

我结婚到了先生家，门前大约三分钟路程便有一条河，堤坎处安有一块专门清洗衣服的大石板。我常常在家把衣服洗好放进桶里，带一根捶衣棒，提着桶去河坎石板处，抓出桶里的衣服或被里、被面、床单之类，在河水里揉几下，透透脏衣服里浸着的脏水，又从河水里提出来再放到石板上，拿捶衣棒捶几下，然后再把衣物放下河水里重新揉洗几次。就这样反复捶打清洗，直到拧出的水全跟河水一样清了，才完成一件衣物的清洗流程，然后反复做着，直到清洗完那桶衣物为止。那时我感觉在河水里清洗衣物，真是爽爽的，比起以前从水井舀水清洗轻松了很多。

过了两年，我跟着先生住到了他教书的中学里。刚开始我们住的是单身宿舍，没厨房，也没自来水，洗衣服得到离学校有点远的地方挑水洗。有一回，我洗好衣服装在桶里，带上两岁多的女儿，一家三口提着一桶衣服去学校附近的那座桥下清洗。女儿在边上玩，玩着玩着，突然说："我跳下去了，我跳下去了！"当我们转过脸，还没来得及说出话，不知深浅的女儿真的"扑通"一声跳进了河水里，先生赶忙跳下河去，一手抓住女儿后背的衣服，像老鹰捉小鸡一样把女儿提上岸来。这件事使我十分后怕，再也不敢带着女儿到河边清洗衣服了。

那个年代已经有人在用单缸洗衣机了，学校有几位老师家都已用上。只要把洗衣机搬到水龙头边，插上电源后，将适量的脏衣服装进洗衣机缸里，用一根胶皮水管从水龙头往洗衣机里放入适量的水，加进适量的洗衣粉，按衣服或被里、被面等脏的程度，拧下洗衣机上管洗涤时间长短的开关键，定上10分钟、20分钟、半小时或更长时间，接着拧下洗衣开关键，洗衣机立马工作起来，其间你可以去做别的事，到时洗衣机自动停止。如果觉得没洗干净，也可以根据需要再次拧下时间定位开关与洗衣开关重复洗一次。然后直接取出洗衣机里的衣服，放进大洗衣盆里，打开水龙头，动手清洗干净以后，尽力拧干衣物水分挂上衣架晾起来就完事了。那段时间我特别羡慕有洗衣机的人家，向往着自己也能买上一台，使洗衣服这件事不那么苦累，还能节约时间。可因为我家当时经济十分困难，所以迟迟不能实现这一愿望。

没过几年，双缸洗衣机出现了，洗衣机上同时有了洗衣桶和甩干桶，成为半自动洗衣机，在清洗加甩干水分及晾晒时，用手稍稍帮一下忙就可以完成。这更让我向往买一台这样的双缸洗衣机。到了20世纪90年代中期，我家终于花五百多元钱买了一台二手铝合金材料板的"三峡牌"双缸半自动洗衣机，从此减轻了我洗衣服的负担与劳累。

到了90年代中后期，全自动洗衣机出现了，我家在新世纪开始不久也换了一台全自动洗衣机。商家把洗衣机送到我家，固定安放在专门的洗衣机水龙头下，接好了进水的管子。洗衣服时唯一动手的，就是往洗衣机抽屉盒里加适量的洗衣液后按下相关按钮，到所有程序自动完成报警，动手取出半干的衣物挂在衣架上晾晒好，全过程便完成了。从此洗衣服的苦累、傻事、危险全都消失了。

在如今的生活中，消费永远赶不上科技发展的趟，人们总在向往中追赶，就拿洗衣机来说，洗、甩、烘干融为　体的洗衣机也早就有了，我又在向往着什么时候买上一台。

2023 年 9 月 29 日

布：绿色瀑

　　我家有一钵银边吊兰，她有很多宽约一厘米长约一尺、中部绿色、边上带点银白色的柔软的叶子，有多条又长又软又绿的茎，茎的末端还各有一棵小植株，叶和茎从高高的花架上"流泻"下来，形成一道浓密的绿色瀑布，茎末端的小植株像瀑布下溅起的浪花一样。整钵银边吊兰的形态是那么温和柔美，可养眼，可怡情，令人欣赏不够。

　　那是一九九八年五月一个阳光和煦的日子，我家迁新居了，年逾古稀的房东大嬢从她那钵瀑布似的银边吊兰上剪下一棵小植株，种进一个漂亮的中型陶瓷花钵里，用背篓背着走了半小时路送到了我家。她说这花虽不金贵，但好养，放在窗户边或家里比较光亮的任何地方，夏天每十天浇一次透水，冬天每一个月浇一次透水，春秋时节每半个月浇一次透水就行了，既可观赏又有净化空气的作用，能吸收新装修房屋里的甲醛，有益健康。还说搬新家送钵不值钱的吊兰，只是想给你家添点喜气，做个纪念。房东大嬢的真情感动得我眼眶热热的，赶忙郑重地收下了这份珍贵的礼物。

　　我们在房东大嬢家住了四年，两家人相处得就像这钵银边吊兰的枝叶一样，融洽，和谐，共同奉献着绿色。房东大嬢犹如母亲呵护子女一样呵护着我们一家，很多朋友都以为我是她的干女儿哩。我收下房东大嬢辛辛苦苦背来的银边吊兰，找了个玻璃果盘做接水盘，与花钵配好套，再小心翼翼地放到客厅窗下电视柜的一端，从此这钵银边吊兰就定居在我家了。

这钵银边吊兰在我的精心侍弄下度过了第一个夏秋冬季，长势茂盛，在花钵里仰着头欢快地吸取窗外射入的阳光。我按房东大嬢介绍的经验，随太阳光季节性的方位变化挪挪花钵，浇浇清水。侍弄着，欣赏着，看着她长得一天比一天好，我的心情也快乐无比。第二年春天，她抽出了芯芽，慢慢长成半尺、一尺、两尺，甚至三四尺长的嫩茎，并开出了一朵朵小白花。从茎枝上的第一朵花开放，到最后一朵花凋谢，长达一二十天时间。花谢后一个月左右，新茎末梢会长出一株银边吊兰小植株来，长长地吊在花钵外。随后花钵里的吊兰芯相继抽茎，再花开花谢，又长出新的小植株来。入冬后，那些新植株又慢慢生出了短短的根。越冬以后，天气开始暖和时，给银边吊兰浇足必要的水，修剪掉枯黄的老叶废枝，她又会长出许多新叶，并抽出一些新茎，开出小星星似的白色花朵，再生出小植株……

到了房东大嬢送她来的第三个年头的一天，我买来一只新花钵，在泥土里拌了少许榨取菜油后剩下的菜籽渣末，剪下上年生出的最旺盛的一棵有短根的小植株，栽进新花钵里，并浇了清水。新的一钵银边吊兰栽种完成，我把她放在电视柜的另一端。这个秋季，两钵银边吊兰成了我家电视机旁的两道绿色瀑布，看着令人心旷神怡。

第四个年头的初春，我翻出最初那个花钵里的银边吊兰，剪下她多余的根，换上新泥土，并掺了点儿榨取菜油后剩下的菜籽渣末，她便配合着猛长了一次，又抽出了很多枝茎，结了很多小植株。

妹妹的女儿跟着我长大，上幼儿园时，每年我都要剪一棵小植株培育一钵新的银边吊兰送到幼儿园去。我的两个孙女相继上幼儿园时，我也每年给幼儿园送上一钵用小植株培育的银边吊兰。女儿出嫁时，正值初夏时节，窗边花架上似绿色瀑布一样的银边吊兰吸引来许多亲戚朋友的欣赏和夸赞，那些小植株也因而走进了许多家庭，发展成了许多兴旺的银边吊兰家族。

　　我侍弄银边吊兰已经二十五个春秋了，其间我家又搬了一次新居，并把最初那两钵银边吊兰留在了老宅里，只剪了一棵小植株带到新居培育成了又一钵旺盛的银边吊兰。送我银边吊兰的房东大嬢已经九十六岁高龄，但她仍有一头青丝，那青丝跟我们的银边吊兰一样瀑布着。我祝愿她能像这些银边吊兰般长生不老，岁岁都有新枝抽出，都有新花绽放。

　　二十五年过去了，我家仍然像是从房东大嬢家剪下来的，抽了新枝、开了新花的银边吊兰，与房东大嬢家没有断过联系，每年都要去看望老人家好几次。那些从我家剪去银边吊兰小植株的亲戚朋友们，也都跟我家保持着融洽和谐的关系，就像那银边吊兰的老植株与新植株一样，共同组成一道道绿色瀑布，养眼怡情，美丽着许多人家。

2023 年 10 月 13 日

南瓜南瓜

　　到了秋收时节，我总会收到亲友们赠送的老南瓜，这时我便禁不住想起在娘家和婆家种南瓜收南瓜的情景。

　　南瓜是春种秋收的，常常是收完苞谷即收南瓜，一般在白露节内全部收完。我未嫁时，家住高山地区，那里的南瓜不易老，所以每年秋收时能收到的老南瓜往往只有个位数，显得很珍贵，我母亲也会把它们珍藏起来惜着吃。

　　每年春天播种时，母亲除了在自留地的土角种些南瓜外，还总在房前屋后的适当位置也栽些南瓜苗，并勤施肥，勤呵护，使它们多结瓜。每年暑假，当我们从山林里捡回一些大脚菇时，母亲便去摘来嫩南瓜儿和青辣椒，同大脚菇一道烹成一道美味的山珍，使一家人大饱口福。刨秋荒时，母亲又常常将稍大点的嫩南瓜摘来与嫩苞谷磨浆，然后舀成面疙瘩一起煮熟吃。在那缺少食物的年代，这东西不但能填饱肚子，那南瓜的清甜与苞谷浆的香甜合二为一的滋味也令人难以忘却。

　　由于能收回的老南瓜很少，母亲便特别告诫家人：这是来年的南瓜种子，不能随便动的。不过她会砍一个老南瓜来焖一锅糯米饭给我们吃，那是一年中难得享受一次的美食。然后母亲便用背篓把几个老南瓜背到竹楼上，放在靠近楼下柴火灶顶的位置，让它们接收点烟火气，使其可以保存较长一点的时间。然后过一段时间吃一个，并把南瓜子留下拌上柴灰晾干做种子。这是母亲的妙计，她怕孩子们偷吃了南瓜种子，所以才拌了柴灰的。

农村实行土地承包的第五个年头，我结婚到了先生家，那里是南瓜丰产区，人们种植南瓜的技术也十分特别。

我第一次在婆母家参与秋收，就从坡上苞谷地边沿收回了大大小小几百个南瓜，大而老的南瓜有一二十斤重，小的嫩的南瓜只有一斤半斤重，堆满了房后的一间土墙小屋，煞是惹人喜爱。我看着那么多南瓜特别高兴，可又担心一家人吃不完烂掉了太可惜。婆母吩咐说，选几个又大又重又老、长得瓜瓣分明、颜色金黄的南瓜放到木楼上保存好，其余的留下一部分人吃外，多数用来喂猪。此后，家里每天都要宰些南瓜和着猪草煮给猪们享用，那些嫩的次的或受过伤的南瓜们总是先到猪肚子里安家，最好的会留到最后，这样处理下来，腐坏率相对较低。老南瓜味道甜美，营养也丰富，煮成猪食，猪们不光喜欢吃，还长膘快。宰南瓜时，如果遇上有腐烂的南瓜，婆母会吩咐抱去扔到粪坑里。起初我觉得可惜，而家人们却一点儿可惜的表情都没有，使我很疑惑。

来年春天播种时节，我们全家老少把粪坑里的清粪挑上坡去种苞谷了。我猜想一定会种些南瓜吧，但等到苞谷种完，也不见下南瓜种。我问婆母，婆母笑着说："已经种上了。"大妹也幽默地说："到夜半三更时神仙会下凡给我家土里种上南瓜的，不信，等给苞谷苗淋头道粪时去看，保证有南瓜苗长出来，到时你还会嫌多，要扯掉一些哩。"后来我才知道，是头年扔进粪坑里的烂南瓜的籽，随着粪水淋到了苞谷窝里，与苞谷一起长出苗来，不但减省了种植程序，生出的南瓜苗还很健壮。

我内心感叹：真是劳动出智慧啊！

下种后一个月左右，我们便上山匀掉多余的苞谷苗和南瓜苗，除一次草，淋一道粪。过一段时间，再淋第二道粪，并除草堆土，然后等待结瓜，等待秋收。到秋天收苞谷时，又同时收获了几百个圆滚滚的南瓜。

虽然我早已进城定居，已经好多年不种南瓜、收南瓜了，可吃南瓜仍是我的最爱。当吃着南瓜馒头、南瓜饼、南瓜饺子、南瓜汤圆、南瓜糯米饭、煮南瓜、蒸南瓜、炒南瓜……时，当年我与家人们一起种收南瓜的一幕幕又会在脑海中播映出来。

2023 年 10 月 29 日

深秋收果瓜

立冬之前，秋色已深，我来到曾经居住过十多年的大山里。这里的乡亲们在脱贫攻坚时愿移民的已搬迁到城镇上的安置点定居了，剩下几户不愿搬迁的，年轻的在外打工，家里只有老人，且山一家水一家，彼此孤立，显得很凄清。

天阴沉沉的，风凉飕飕的，带点冷意。我家的老宅已拆掉，只有原房后的一棵巨紫荆树仍站立那儿，叶子在空气中飘落，看去觉得有点凄凉，因想起它能在每年清明时节开出一束束粉紫色形如蝴蝶的鲜花，心里才稍感慰藉。

再绕过几座山，我们来到了一个叫烂坝子的山窝窝里。这里独居着我的大姐家，家里仅有大姐跟姐夫两位古稀老人，方圆一里地也没有别的人家，使他们仅存的半截木房在秋风中显得很是孤寂。我们的到来，使孤独的大姐和姐夫特别高兴，大姐激动地说来得正好，并找来背篓与割猪草的小刀背着，要我跟她一起去地里寻找最后的秋南瓜儿。

我跟着大姐来到长着南瓜藤的地里，眼睛不停地搜寻着瓜藤上长出的嫩秋瓜儿。有的一根藤上结有一个嫩瓜，有的结有两个或三个；有的刚掉过南瓜花，有的瓜儿上仍开着浓艳的金黄色花，有的瓜儿上还顶着花苞；有的如小碗大，有的似拳头大，有的仅鸡蛋大小；有的呈条形，有的呈圆形。我把稍大点的瓜儿用刀割下来放进背篓里，对那些头上顶着艳丽黄花又嫩又小特别可爱的瓜儿，却舍不得割，要放它们长大。大姐说把它们都割下，因为深秋时结下的瓜儿不割下很快便会烂掉。我们找着割着，来到了一根长势茂盛的南瓜藤处，上面长着很多谢过花儿或正开着花儿的嫩小瓜儿，我一边割下瓜儿放进背篓里，一边在心里感到可惜，大姐却说这种瓜叫"梦瓜儿"，很好吃，又清爽又香甜，吃了比烂掉好，可惜啥。这是秋天南瓜藤结下的最后果实，真是收头结"大瓜"，割了满满一背篓哩。

院坝边有一树红艳艳的方柿，高高在上，十分吸引人的眼球，谁来了都会多看它几眼。大姐把一只塑料桶拿给我们，让我们自己去摘柿子。三哥便找出一架长木梯搭上柿树，提起塑料桶爬上树去摘起来。六十多岁的三哥是姐夫的弟弟，已移民到县城了。他把软柿子摘下放进桶里先提下树来，再爬上树去把成熟的硬柿子也摘了下来，摘不到的也用竹竿打到地上捡拾起来。这一打，那些在树上没能摘下的软柿子也一并掉到地上摔坏了，鸡们纷纷跑来你一嘴它一嘴争抢着。一只黑白分明的梅花猫也跑来凑热闹，"嗖"一下窜到柿树上用小爪子刨着树干。有只小狗跑来，赶走了正啄食软柿子的鸡们，用鼻子嗅嗅，感觉柿子不是它喜欢的食物，便摇摇尾巴退到一边玩儿去了。我从塑料桶里拿个软柿子剥了皮吃着，感觉很甜很清凉，心里说，这自然熟透的软柿子与城里买来的就是不一样啊。吃第二个时更是感觉甜得太过，就再吃不下第三个了。

我又拿把割草刀扔在背篓里背着，还扛把锄头来到大姐家地瓜地里，先割下地瓜藤，再用锄头挖地瓜，挖时尽量做到地瓜出土不受损伤。地瓜挖出来后，又小心翼翼刨下粘在地瓜上的泥土，使地瓜很完整，待存放时好保持水分。很快挖了大半背篓背回大姐家，我迫不及待地拿起一个剥了皮吃起来。刚挖出的地瓜好剥皮，一剥一扯，地瓜皮便顺从地脱开了，像脱衣服一样干净利落。脱皮后的地瓜白白胖胖，咬下一口嚼在嘴里，水汪汪的，甜如蜜汁。大姐说这才是长醒了的地瓜的味道。

我又与大姐去辣椒地准备摘最后的下树辣椒儿，却只见辣椒地全被野猪拱翻了，使我们空手而归。这是立冬将临，山里野果快尽，野猪出山找吃食干下的坏事。

大姐把割回的梦瓜儿、摘下的柿子、挖来的地瓜分配装袋，分享给一起来的几个家庭，让我们带回城里享受，说这是今秋最后的果实了。

秋色深深，我们满载瓜果回到了城里，只把大姐和姐夫两位古稀老人留在了秋山之上，以致我的心情跟深秋一样，有收获，却也有点儿凉意。

2023 年 11 月 15 日

同题：
的
陪
伴

　　绥阳有个女诗人部落，部落成员每个月要写两期同题作品，由部落里经常写作的姐妹们轮流命题。虽说不限体裁，但基本上都写的是诗歌和散文。我不善写诗，所以主要写散文。每期题目出好后，由部落成员王前月妹妹按要求负责贴在部落的微信群里，喜欢写作的姐妹便忙着完成"作业"，然后接龙贴于题后，在规定时间——上半月 15 日晚 8 时，下半月 30 日晚 8 时——由收稿负责人收集整理，交与周光敏"部长"审改、编辑，于第二天在公众号推出，由众姐妹转发分享。

　　就在 2023 年 3 月初，王前月妹妹要我命下半月的同题。收到命题任务后，我就想命个让姐妹们有素材可写的题目。机会来了，就在"三八节"那天，女诗人部落到县老干部活动中心 4 楼搞读书活动，活动结束，众姐妹乘电梯下楼，在电梯里于素华姐姐说，春节期间他们家收到了好几个曾经帮助过的贫困学生写来向他家问好的感谢信，还有出国留学的学生。于姐姐还说他们家帮助过的贫困学生有的自己都不记得了，接到他们的来信非常高兴。我听着于姐姐无意中说出的都是相互温暖对方的故事，听得我心里也很温暖。这下有了，下期同题就写"温暖"吧。时间很快过去，稿件接龙完成了，经编辑老师修整编排发表在公众号上。部落的姐妹们不管是写的诗歌还是写的散文，都有非常温暖感人的情节。如李晓燕写她于2022年12月在家阳了的日子里，已经三天没吃饭了，正当这时，光敏部长打来电话："燕儿，我给你磨了新鲜豆浆，包了新鲜饺子，买了一盒酸奶。豆浆增加蛋白质，酸奶开胃，我给你放门口了。我已经下楼了，你出来取一下，注意保重身体。"电话挂了，连说声谢谢的机会都没给她，她的泪水止不住地流，打开门，将所有东西提进屋，感觉很重，不知道是东西重，还是这份情谊重。温暖吧。我在"温暖"里写到我的启蒙老师张正荣，她在任我们课的两年时间里，用她温暖的背脊不知背了多少次生病学生送回家的故事。

7月16日，同题"夏之大"出笼了，我想早点写完作业，一身轻松赶去千里外的邯郸参加三妹女儿7月25日的婚礼，然后去看天安门，安安心心玩。所以我立即绞尽脑汁、挖空心思想呀想，可这个题太阳春白雪了，我只适宜写下里巴人。但没办法，再怎么不好写我也得完成作业不是？后来我想到，夏是一年中最旺盛的季节，万物生长，入夏后玉米长势一天一个样，就得给玉米苗薅二道草，进而想起黔北农村在大集体时的夏天薅打闹草的情景，于是打捞记忆，决定写篇《薅打闹草》，结果是在7月21日晚去邯郸的列车卧铺上赶写完的，把已经消失的民间文化活动打捞起来，送进了女诗人部落的公众号里。

今年最后一期的同题是光敏部长出的"陪伴"，一贴出来，我就开始构思，决定选取女儿读高中时，她与两个同班同学互相陪伴的故事。当年，为了保证女儿的成绩能稳定增长，我征得她的两个成绩最好的同班同学家长的同意，把那两个同学请到我家，与我女儿一起上晚自习三年。选好了题材，并拟好了标题《陪伴女儿》，可开写前，我重新翻看同题的写作要求，才知道"陪伴"竟有时间限制，要写2023年的"陪伴"。这时，我真恨自己粗心，白白浪费了好几天时间。好在我灵感一闪，想起这一年中，天天陪伴我的，不就是这些"同题"吗？于是便写了这篇短稿。

2023 年，我饱受了 22 个同题的煎熬，但在写完每个同题后，却又从中获得了无尽的快感。感谢"同题"，在你的陪伴下，我又度过了美好的一年。

2023 年 12 月 29 日

路
梦
得
圆

　　我小时候，天天用脚板丈量着门前那条小路去砍柴、割草、打猪草、赶场、上学……留下了刻骨铭心的关于那条小路的记忆，以至于离开那里几十年后仍魂牵梦绕。

　　我是十岁那年随家人一起迁去那个高山顶定居的，那里离最近的公路也有二十多里远，从此我每天一大半时间都要走过本生产队那段千余米长的小路去地里干活。有一回，我跟邻居琴一道去割猪草，刚走上那条小道不远，琴一不小心踩进了牛蹄窝里，溅起的泥浆弄花了她的脸不说，她的前额还磕在石头上出了好多血，是我急忙扯了止血草嚼细敷在她的伤口上才给她止住了血哩，至今数十年过去，她的额头上仍依稀能分辨出当年磕伤的印痕。

　　我十五岁那年，有一次，生产队把掰下的苞谷棒子剥完分下已经是半夜了，我背着一背篓玉米走在回家的路上，走着走着，疲倦得眼皮打起架来，后面肩挑背驮的邻居们见我走得慢，都赶到前面去了，我落在最后，再也没人赶着我走。经过打石堂时，实在熬不住了，就把背篓坐放在石台上，让背系套在两肩上站着歇气。在若隐若现的月光下，我打起瞌睡来。不知过了多久，父亲顺路找来，接过背篓，哭笑不得地埋怨我道："死女儿，半夜三更的在山路上打瞌睡，不怕被狼叼走啊？"这时我才感到有几分害怕，跌跌撞撞地跟在父亲身后回家。

土地实行承包制后，我家在一公里外一个叫三大垭的地方分得了几亩土地，由于家人勤劳，把庄稼种得特别好，豆子、葵花、苞谷年年丰收。记得有一年，我到学校报名后等上课的两天间，为了抢抓时间帮母亲把地里的苞谷掰完，一天得背着掰下的苞谷棒子走在那条小路上来回十几趟，有一趟我感觉体力不支，准备放下背篓休息一会儿，但刚一放下我就晕倒在地上了，醒过来时出了一身大汗，待慢慢恢复体力后又继续背着苞谷棒子走在那条小路上。心里想着：要是把这条小路修成"马路"该有多好，哪怕就是一小段，能过小推车，也能给这里的人们减少许多肩挑背驮的劳苦啊！

我家迁来定居时，队里有位七十多岁的刘婆婆，因为是一双被缠小的尖尖脚，不能远出几十里到公路边去，所以没有看见过汽车，想去赶一次场，到街上看看汽车长什么样，也做不到。我告诉她说："婆婆，汽车有几个滚滚儿，人坐上去它就会开走。"刘婆婆说她不想坐车，这辈子只要能见一回汽车就满足了。20世纪80年代中期，我结婚离开那里后，回去的时间少，就再没见过刘婆婆了，后来听说刘婆婆活了九十多岁，是带着没有见过汽车的遗憾走的。

我离开那段伴我长大的山路很多年了，在我的梦境中，好多次看见它变成了公路。都说梦想成真，我还真的梦想成真了。2006年，在村民组的努力下，费尽千辛万苦，终于于2008年修通了我们村民组那段毛公路，正是沿着那条小路修成的，与前不久从二十多里远处修上山来的乡村公路连接起来了。之后，常有农用车、摩托车等车辆出入，给那里居住的人们带来了许多方便，减少了许多劳苦，圆了我小时候的梦。

虽然我的父母早已过世，家人们全都离开了那里，但我为了圆梦，还是从牙缝里抠出几千元钱，捐给村民组用于修那条路。那条路从刘婆婆的坟前经过，也不知道去了另一个世界的刘婆婆看见了来来往往的车辆没有。

今天，那里的大多数村民都生态移民迁去县城附近的安置点居住了，可仍有些老人不愿离开故土，留在了那里，那条路还承担着人们进山出山的历史使命哩。

2024 年 4 月 15 日

磨

母亲与石

　　母亲离开我们已经整整四十二个春秋了，可她在一个月夜背着石磨，一步一步上山爬岩口的情景，却还在我脑海里闪现。

　　20世纪70年代初，我家从重庆搬来黔北一个高山顶上定居，这里山一家水一家，我家要舂米、磨面、磨浆都要到几百米外找乡邻家的碓、磨来完成，多耽搁时间不说，还是一件挺麻烦的事，并会欠许多人情。头几年，我家缺少粮食"刨秋荒"时，母亲每天除了同大家一起参加生产队集体劳动外，还要为一家人每顿饭去自留地砍回嫩玉米棒子弄下玉米粒，挑去找有石磨的乡邻家磨成玉米浆再挑回来煮熟充饥。有时一天会去找有石磨人家磨两次，母亲辛苦不说，还感觉反复麻烦人家觉得十分难为情。而这样的日子每年都有两个月之久，如果不是人家的帮助，我们一家人那两个月真不知该怎么度过。年关磨豆浆、磨米浆也是很烦心的事，那时家家都要磨豆浆做豆腐，磨米浆做吊浆汤圆。有时一盘小石磨得排队磨，石磨主人往往是大清早起床来磨，待主人家磨完了，我们才能依次用他家的石磨磨豆浆或米浆。我家因麻烦别人太多，往往主动排最后，待母亲挑去浸泡过的黄豆或糯米，用最快的速度磨着，磨到后来天便黑尽了，还得打着火把才能磨完挑回来。如遇下雨、

161

下雪、凝冻天气，挑着磨成的豆浆或米浆回家时，要是在路上滑倒，年三十就吃不到豆腐或吊浆汤圆了，在我们那里，春节待客时连豆腐和吊浆汤圆都没有，将会是最遗憾的事情。豆浆、米浆顺利挑回家，母亲得连夜烧豆浆，连夜吊米浆，弄得白天晚上都很累。还有平时磨苞谷面、粢面等，也得去人家借用石磨。所以母亲总盼着早点有钱，能找石匠打一盘小石磨安在家里，使自己也能当上磨主人，想什么时候磨，想磨什么都不用发愁。

母亲借别人家小石磨用大约有五年时间了，在一个"刨秋荒"的日子，离我家两公里外的岩口山脚下一位姓罗的大爷，来他亲戚家谈事，碰上母亲大老远挑上嫩玉米过去磨浆回来做中饭，聊天时得知我家从重庆搬来，什么都没有，日子艰难，母亲走那么远去磨玉米浆，磨好后汤汤水水弄回去真是辛苦。罗大爷对我母亲说，他家有一盘闲置的旧石磨可以借给我家用，让母亲去弄来安在家里。母亲对罗大爷说了很多感激的话，并表示当天吃过晚饭就去罗大爷家背小石磨。那天集体收工后，母亲三步并作两步赶回家，简单吃过中午煮熟剩下的苞谷羹，安排三妹洗碗喂猪照顾小弟小妹早点洗脸洗脚睡觉，然后带着我给她做伴去万家坪罗大爷家背石磨。母亲找了两个结结实实的大背篓，让我和她各自背着，叫我走在她前面。万家坪是我们每天读书来回路过的地方，一走近岩口，就能看见山脚下罗大爷家的房子，下去用不到半小时，背着东西爬上岩口却需一个小时还嫌不够。那晚月光很明亮，我跟母亲走在下岩口的盘旋小路上，一边下山一边唠嗑。母亲说这下好了，把石磨背回家安上，随时都可以磨，再不会去麻烦别人家，还欠情受罪。

我们很快到了罗大爷家，跟他们家人打过招呼，说了好多感谢罗大爷、罗大娘的话。罗大娘说，搬家子太不容易了，石磨就送给你们，背回家安放停当，找个石匠修一下磨牙，还能用二十年。罗大爷、罗大娘一边说一边带我们到放旧石磨的地方，并帮忙把两扇石磨分别装进了我们背去的两个背篓里。石磨有点重，我虽然已过了十四岁，可瘦小的身躯还是背不动它，母亲背着也很吃力。母亲说她把两扇石磨轮转着同时背回去。

　　母亲先背上一扇石磨，对罗大爷一家千恩万谢后，绕过罗大爷家房前，朝房后的山崖爬去。我看着母亲在月光下走着的身影由高大变得矮小。等待母亲返回的时间，罗大娘对我说，你家从外地搬来，缺粮缺家什过得太艰难，你母亲真累。还没聊上几句话，母亲已风风火火返回来又背走另一扇石磨，并再次谢过罗大娘一家。这回我跟在背着石磨一步一步往上爬山的母亲身后，听着母亲不停地喘粗气。我开始恨自己长得太瘦小没力气，不能帮母亲背石磨，使她一个人轮流背着爬山，真是太受累了。走出罗大爷家，爬了大约百十米坡路，就看见土坎上稳稳放着母亲转出第一扇石磨的背篓了。母亲要我在这等着，她将背着第二扇石磨继续再爬一段路，找个地方放稳当，才来背第一扇石磨。我站在装石磨的背篓前，眼盯着月光下背石磨的母亲若隐若现地往上爬山路的镜头，母亲在月光下渐渐缩小的身影深深地刻进了我的心底。母亲就这样转着背了六趟，两扇石磨才背到了岩口的大石礅上。母亲说这下快了，好好歇口气，再转两次就能上完岩口到平缓地带，再转一次就到家了。我挨着母亲坐下，非要把母亲的头靠上我的身体，母亲的衣服被汗水湿透了，挨着她的衣服，她的汗水也浸湿了我的衣襟和袖子。我的泪水在眼眶里打转，心里在哭泣。母亲说岩口风大，赶紧背上走，不然一会儿月亮婆婆也要睡觉了。母亲又背上第一扇石磨一步一步艰难地向上攀登，过一阵又转回来背另一扇石磨，我还是空着手跟在母亲身后走着，听着她粗浊的喘气声，心里暗暗恨自己没力气。

两三个小时后，天上的月亮告诉我们，快到子夜了，那两扇石磨才终于一前一后地来到我家安了家落了户。

母亲用这盘石磨磨了五年，使我家走过了最最艰难的岁月，没有被饿着，她自己却因积劳成疾，过早地离开了我们这个风雨飘摇的家，那年她才五十一岁。

2024 年 5 月 30 日

我爱过一棵紫薇树，是长在房东大孃家院落里的那棵紫薇树。7月是大孃的生日，今年这个生日一过，大孃就满97岁了，但仍葆有一头青丝，且思维清晰，我去看她时，我们的话题中会时不时冒出她家当年院落里那棵紫薇树来。

1994年7月14日，即农历六月十九日那天，我们把拉到素不相识的房东家院落大门外的一应家什，一样样搬进院落中我们租住的房间里。正是吃午饭的时间，房东的孙女叫她爷爷去吃饭，说："爷爷，今天是你70岁生日，给您买了生日蛋糕，还买了瓶可乐给您喝。"饭桌就摆在院落鱼池旁一棵开满鲜花的树下，生日蜡烛已经点燃。那树的枝桠上开着一团团粉红色并有叠皱纹的花簇，光滑的树干下躺着一只叫"崽崽"的黄麻色大狼犬，左面还有一棵木槿树也开着一树紫色的花朵，房东老人杜伯伯就在这美丽的环境中过着他的70岁生日。那情景迷住了我，特别是那棵树干光滑且弯弯扭扭并开满红色皱纹花瓣的树更加吸引着我，使我"一见钟情"。当时我并不知道它的名字，后来房东大孃告诉我，那是一棵紫薇树，是她大儿子在很远的农家买来栽下的，已经30多年了，每年从农历六月开花，要到九月才谢完，花期长达上百天，又叫百日红，整个夏天都美丽非凡，而且它的树干非常光滑而奇妙。它还是痒痒树，特别怕人挠它的痒痒，只要谁用手在它光滑树干的任一处轻轻挠一挠，它整棵树都会摇动。我知道了紫薇树这个秘密后，心情好时总会挠一挠它，然后看它一树的花朵在那儿微微摆动。

　　我在这个有紫薇树的院落里住了四年，走过紫薇树下不知有几万次，只记得房东大嬢的儿子一家，每个夏天的晚饭，只要不下雨，都摆在紫薇树下快乐完成，然后又在紫薇树下或打牌或喝茶，一家十来口人其乐融融。院落里除居住着房东一家外，还出租给了四家外来户居住，常年有约 30 口人住在院落里，但从来没有过口角是非，租住户没有的东西房东有的都可以共用。到了周末，基本上各家都洗衣服，大盆里安一块搓衣板用手一样一样搓着洗或刷子刷着洗。房东大嬢见大家手洗辛苦，每到周末都会把自家的洗衣机搬到院落的水管旁，拿来插电板接通电源，要大家各自放到洗衣机里洗。开始时谁都不好意思去占用老人的洗衣机，这时房东大嬢看见哪家正洗衣服，她加好洗衣机里的水，兑上洗衣粉，就把你拿出来要洗的脏衣服扔进洗衣机里，拧下洗衣机的开关洗起来。并教会你洗好抓进甩干桶拧下开关，甩掉衣服里的脏水才提出放到水龙头下的大盆里清洗干净，再放进洗衣机甩干桶甩干凉起来。这以后，各租住户也不那么客气了，只要大嬢的洗衣机在外面空着时，就把自家脏衣服放进洗衣机里洗。这让我们每个家庭洗衣服都轻松多了，也节省了时间，并使几个租住户都快乐着，并相互理解，相互帮助，日子过得跟紫薇花一样美丽。

　　一个夏天，有个文友突然来到我家，先生沏了茶端到紫薇树下与他聊天。刚落座，那文友就夸赞先生选了个特别好的环境，眼前这棵紫薇树干弯曲别致，花色深红，开得正旺，实在是太难得了，先生便接过话题聊起紫薇来。他说，紫薇花有深红、粉红、淡紫、乳白之分，花期长，花色艳。还说宋人杨万里有诗云："似痴如醉丽还佳，露压风欺分外斜；谁道花无百日红，紫薇长放半年花。"紫气东来，薇繁花盛，园升祥瑞，诚盼君临，不是把你盼来了吗？两人聊得甚欢，我摆上饭菜让他们喝起酒来。他们两杯刚下肚，房东大嬢接连炒了腰花、牛肉两道菜端上桌来，说是要我们品尝她的手艺。其实大嬢是怕我弄的菜上不了档次，怠慢了文友。大嬢的菜激起了文友更大的酒劲，说是酒逢知己千杯不醉，干了一杯又一杯，弄得文友晕晕乎乎，竟去跟紫薇树碰杯哩。

我们在这个院落居住的四年里，不但吃过好多房东大嬢做的美食，她还教会了我做好吃的香肠、腊肉、香豆腐、夹沙肉、炖羊牛肉、蒸牛肉鲞等等绝活。我们还得到了房东大嬢的其他许多帮助。有一次，我同学家的房子被火烧了，重修房子，差两铺楼板钱，从乡下远道来向我借400元。吃午饭时，我一边与他聊着，一边想着去哪里借点钱来帮助他。饭还没吃完，房东大嬢便送来了400元钱，说我们家老人去世花了不少钱，把刚交的房租退给我们先用着，待有了钱再交房租也不迟。可能是大嬢无意间听到了我们的谈话，拿钱过来给我解了围。还有我公爹病重去世那段日子，我和先生一去乡下老家就呆了40天，我女儿上小学不能跟着去，房东大嬢便白天煮饭给我女儿吃，晚上又照顾我女儿关好门好好睡觉，大嬢每晚都要起床几次打开窗口看看我女儿的被子盖好没有，发现被子掉了，就拿根竹竿从窗口伸进去挑起被子给我女儿盖好。房东大嬢当时已是70岁的老人了，还事无巨细地帮助着她院落里居住的每一户人家，就像那树紫薇花在院落里开放着，把馨香和美丽献给了每一个人一样。

我敬爱房东大嬢，也爱她家的那棵紫薇树。

2024年7月15日

秋天的情意

秋天是收获的季节，每年的这个季节里，我都会收到来自亲友们馈送的新米、红薯、瓜果、辣椒之类的礼物，这些礼物都带着浓浓的乡情。

自从修好通组公路后，最近几年，我家来自乡下的亲友们，秋收后总会送给我家一些新米，少的几斤，多的十几斤，加起来有百十来斤，基本上够我和先生吃个对年了。就说今年吧，在夏末秋初，我在吃去年收到的最后一袋"新米"时，发现已经生了好多米牛。我便把这些"新米"倒在漂窗阳台上，让米牛们爬走，煮饭时再把米用水淘上好几次，直到米牛们顺着淘米水漂流干净为止。我吃完生了米牛的"新米"，才从超市买回 5 公斤一袋的大米，还没吃完哩，住在乡下离县城二十多公里的小姑妹，背着一袋今年的新米，走一段路坐一段车，再转一次公交，居然又给我家送来了。我收下了她辛苦一年的喜悦和那一片浓浓的亲情。没过几天，一位七十多岁的文友从乡下来赶县城，也给我家送来了一袋新米，还说今年收成好，新米好吃，送点给我家尝尝新。过了几天，他又给我家送来了一袋新鲜的红薯。就在五天前，我读高中时的好友自己种的水果红薯成熟了，又送了一大背篓给我。一缕缕秋风吹来的这一丝丝情意，我都一一收下了。

我在这里要分享一段往事给我的读者们。十几年前，我老家还没通乡村公路，所以我一年也难得去一次，有一年我回老家的大姐家去，正值秋后，一个与我一起长大、一道上学的好友听说我去了，就到大姐家来看我，并给我拿来了一袋新米，让我带回县城尝尝新，我说心意领了，新米我不能收，要他拿回去。我们叙了叙旧，聊起了许多我们一起成长时发生的故事或笑话。我走的时候，怕带着米走十多公里山路辛苦，就没带邻居好友送给我的新米，而是让大姐背去还给他。谁知因为这件事，那位几十年的好友竟然生了我的气，我回老家时去他家玩，他都对我不冷不热，爱搭不理的。事后大姐告诉我，他说是我看不起他，把送给我的新米又送还回去了，没了情意。后来我去了他家三次，他才原谅了我。

就在半个月之前，我老家的邻居小妹丽丽，竟从三十多公里外给我带来了一罐她亲手用石磨推来做成的辣椒酱，到了县城车站打我电话，要我去车站取。我谢过她的辛苦，收下了她秋收的喜悦和深深的情意。

我正在写我们女诗人部落的同题散文《一缕秋风一丝情》哩，我的大姐给我打来了电话，要我马上到小区大门口拿她给我送来的秋南瓜、秋黄瓜、芋头、仔姜、嫩海椒子儿、南瓜尖等，都是些深秋时节最好吃的蔬菜。不光蔬菜，每年秋天还有来自大姐家的新米，还有她亲手做好的所有辣椒制品，如糟辣椒、辣椒鱼、辣椒鲞、酸辣椒、煳辣椒粉等。特别享受的是大姐在深秋初冬季节从自家柿树上摘下像红灯笼一样的柿子，用专用柿子刀一刀刀削下柿皮，再把削皮的柿子一个个放到自制的炭火炕上慢慢烤，待柿子经炭火烤去一部分水分后，又一个个经手工轻轻揉捏，把整个柿子软硬度揉匀后，又一个个放回原来的炭火炕上继续烤，等又烤去一部分水分，又一个个经手工揉捏过再烤，待反复三次揉烤后，才能做成好吃的干柿花，拿来与鸡蛋一起煮成柿花开水蛋，是一道特别美味的营养早餐。但我最喜欢吃的是揉捏两次烤两次至六成干的柿子饼，吃起来带有韧性，嚼着不费牙，特甜，口感很好。每年的秋冬之际，大姐都会做两三批这种柿花送给我大饱口福。

每年秋风吹来的时候，就是我收获亲友们送来情意的时候。有这份浓浓的亲情、友情包裹着，我感到无比的幸福与快乐。

2024 年 10 月 13 日

给女儿起名

女儿刚一出生，我就催促先生给她起个既有意义，喊来又好听的名字。可先生翻了几天字典，起出来的名字都不如我的意。最后他武断地决定以"馨"字为名，而且做了一大堆文绉绉的解释。女儿出生时正盛行起单名，在姓氏后加一个字，我们就把"馨"字重叠起来叫女儿"馨馨"。可满月不久，女儿就生了病，夜里老是哭上半夜。我白天背往医院看了医生，晚上又重放哭声，一连十来天都如此，实在没法，我把女儿背到了懂些医术的她大舅家。大舅仔细给外甥女查看手纹后，采用推拿术给予了推拿治疗。有些迷信的大舅还说外甥女这名起得也太大了，她受不住，得改改。我说只要女儿能平平安安长大，改就改吧，什么迷信不迷信我也不管了。她大舅说，这孩子五行缺"木"，应给她起个带木旁的字做名字才行。这回我连考都未考虑就随口说出个"梅"字来，于是女儿便叫了"梅梅"。女儿5岁上学前班时，我觉得"梅梅"这名叫起来太土，得另起个学名。先生却说，名字不过是个代号，叫什么不行，我们这代人叫狗名、牛名、猫名的多着哩，哪管它土不土的。"那你总不会给女儿起个狗名吧！"我非逼着先生给女儿起个叫着听起来高雅，看起来又有意义的字为名。这回的他既不借助字典、词典，也懒得考虑，便随手拿了本诗集翻开，把女儿的双眼蒙上，叫女儿用手指去摸，结果女儿在一行诗句里摸到了"寻找"两字。这时我和先生不约而同地说，去掉一个"找"字加上一个"吕"字（吕是先生的姓），叫"吕寻"好了。女儿吕寻的名字就这样叫开了，朋友们都说我女儿的名字起得很有意思，还说我先生不愧是个"文人"。

我女儿进中学后，在一节英语课上，英语老师问："你们班有个叫'鲁迅'的同学吗？"原来是我女儿把自己的名字写成英文就变成"lu xun"了。女儿说，真不错，我能与鲁迅"同名"。回家后女儿把自己成为"鲁迅"这件事写成了一则小幽默，发表在《儿童漫画》月刊上，得了 30 元钱的稿酬哩。

前不久，我先生的同事生了小孩，非叫先生给他儿子起个名。先生认认真真翻遍了《辞海》《词典》，也没有起出个满意的名字来。

2001 年

第三辑
美食乐行

柴火烧鸡蛋

我的老家在脱贫攻坚中移民了，老屋被拆掉，地基翻成了土，可老屋里柴草红火灰烧鸡蛋的故事仍留在我的记忆里。

从我记事起，我们兄弟姐妹中要是谁生了病或哪里不舒服，母亲都会用一个鸡蛋慢慢滚遍他或她的全身，滚毕，撕下一张孩子们写过字的纸放水里浸湿，包上那个鸡蛋，再抽一根棉线缠在裹着湿纸的鸡蛋上，放进燃烧的红火草木灰里壅着烧。烧至二十分钟左右掏出鸡蛋，解下缠着的线并系在生病孩子手腕上，再取下裹着鸡蛋的纸，剥去蛋壳让生病的孩子趁热吃下，盼望着孩子的病早点好。说来也怪，在那缺医少药的年代，很多时候我们这些生病的孩子在父母这样的照护下真的不用吃药打针就痊愈了。红火草木灰烧出来的鸡蛋吃着特别香还能治病，是病人的特殊待遇。

还有就是不管我们有多大，每年生日那天，母亲总是当鸡生下蛋的第一时刻，从鸡蛋窝里捡出拿给过生日的孩子吃，并祝福过生日的孩子吃下这枚生日鸡蛋一滚就得一年，意思是孩子们在一年中无灾无病时间过得很快。过生日的孩子赶忙拿了鸡蛋照着烧鸡蛋的方法放进灶孔的草木红火灰壅着烧熟取出，然后剥去蛋壳，先分下蛋白一小点一小点放嘴里慢慢咀嚼着享受，眼气着别的孩子。馋得没过生日的所有在场孩子们都眼巴巴盯着手捧烧熟去壳鸡蛋的那双手。盯到最后，过生日的孩子手上慢慢只剩下一个圆圆的蛋黄，还说是太阳，一口咬下。看着那枚太阳被吞进肚子里了，大家才带着失望离开。

就这样我们这些孩子在很小的时候，就学会了在柴草红火灰里烧鸡蛋来吃的方法。记得有一回，三岁的小妹和五岁的小弟加上邻居家未上学的三个小孩趁大人出工干活时，各自把家里的鸡当天生下的蛋烧吃完没满足，还偷拿往天凑起的鸡蛋来烧熟吃了。当晚，邻居家三个小孩被大人打骂得大呼小叫："不了，不了！"打完，骂完，孩子们还被赶出门外不准吃晚饭。这时我的三岁小妹怕打，就告状说哥哥也烧蛋吃的，还拿了扁桶里的蛋烧的。母亲找来钥匙打开扁桶上的锁，取下扁桶盖数着谷子上面的鸡蛋，果真少了五个。这时父母反倒不解，扁桶上着锁，蛋是怎么拿出来烧的。父亲盘问着让小妹小弟重试了一遍从扁桶里拿蛋的过程，小弟把扁桶盖往锁的方向推出一道缝隙，让三岁小妹的小手伸进去刚好能取出扁桶缝隙处的鸡蛋。那天三个母鸡只有一个鸡生了蛋，本来捡来放着的，后来与邻居三个小伙伴玩耍，玩得无聊了，邻居家稍大一点的男孩说要玩烧鸡蛋吃的游戏，看谁烧的鸡蛋多，并自己拿来烧了吃，天黑大人们回来不许告状，他们才偷拿扁桶里的鸡蛋来烧的。我母亲很是心疼，因为要用鸡蛋换盐巴钱哩，可父亲没打骂小弟小妹，只让小弟小妹认了错，说是没经大人许可偷烧鸡蛋吃的做法是不对的。

在那个年代，鸡生下的蛋卖钱来换盐，像是各家的特定规矩一样，所以鸡蛋不是随便可以吃的，只有生病的或过生日的家人才有资格享受。

半个世纪过去了，我总忘不了在老屋里慢慢享用火烧鸡蛋那份快乐。

2022 年

翡翠豆花

在我老家的山里有一种植物，当地人叫它"斑鸠占"，名字的由来我无从知晓，只知道人们都这样称呼它，其实它的学名叫臭黄荆。在我小时候，春天的斑鸠占发芽长出嫩叶时，我们把它摘回家拌上米面或苞谷面蒸熟，用来当饭吃，叫它"斑鸠占鎈"。夏季天热时，我们常常摘下斑鸠占的叶子做成翡翠色的斑鸠占豆花，清香凉爽，有解暑功能，是一道难得的特色美食。

我记忆犹新的是，每个暑假，早上和同伙伴一道割猪草，午饭后太阳大，我们就到阴凉的山里砍柴。当我们砍下柴火背回家的途中，总要在小河沟边休息玩水。男孩在河沟里搬石头捉螃蟹，在稻田里抓泥鳅、捅黄鳝；女孩在河沟边"做饭"，有时还把"饭"做成真的了。女孩们会各自摘来斑鸠占叶子，并在沟边随手割些最大的野葫芦叶，然后再找一块河沙地，算计着给同来的伙伴每人挖一个适当大小的灶洞，把葫芦叶洗净当锅，安放到灶洞上，再把摘下的斑鸠占叶洗干净用双手反复揉搓，挤出绿色的汁液滴进葫芦叶锅里，反反复复地把斑鸠占叶揉搓挤尽，直到绿色汁液滴满葫芦叶锅，才去摘下河沟边随处可见的水株麻叶洗净，揉搓出汁水，适量滴进葫芦叶锅里的绿色汁液中，待所有葫芦叶锅里的绿色汁液被滴进水株麻汁水后，就会看到一口口葫芦叶锅里的绿色汁液会慢慢变成非常漂亮的翡翠色豆花。这时，有谁会一声大吼："吃豆花了！"然后，不管是捉螃蟹的还是捅黄鳝的男孩们，都飞也似的跑来，端上一锅葫芦叶里的翡翠色斑鸠占豆花狼吞虎咽地吃进肚子里，还说："好吃，爽死了！"就这样，一群懵懵懂懂的孩童便在笑闹声中快乐地度过了暑假的每一天。

年代不同，快乐也不同。几十年过去了，那一"锅锅"自做的斑鸠占翡翠豆花，至今只能在我的梦里萦绕了。

2022 年

香肠好馋人

冬至一过，无论走到哪里都能看到灌香肠、熏香肠的情景，我也要动手做些香肠。

每到做香肠的时候，我总会想起小时候的一些往事。那时到处都在搞运动，我家受其影响，不得不从四川（今属重庆郊区）迁到贵州一个偏僻的高山村里落户，一家八口人连饭都吃不饱，过年的时候只要能吃上一次肉解解馋就不错了。有一年，是我弟弟的干妈送的一斤肉让我家过年吃；还有一年，是一位得我父亲帮助过的小学老师给了两斤肉，大年三十我家的餐桌上好歹才有了两个荤菜。那时村里生活较好的人家，也要两家合伙才能杀一头百来斤的猪，吃得起香肠的人家就更少了。穷得每人每顿只能吃一小碗饭的我家就更是不敢奢望能吃上一片半片香肠了。那时妈妈总是含着眼泪哄着我们说："等到日子好点了，喂头大肥猪来杀了，让你们吃个够，给你们做好多好多香肠。"于是就时时盼着那个美好的日子早早到来。

盼啊盼啊，那个日子终于姗姗来临。农村实行联产承包责任制后的第一年，我家第一次杀了年猪，有百来斤肉。有了肉，妈妈就教我们做香肠了。那时候的香肠，做起来比现在简单些：把瘦肉切好，加点盐，放些椒子，塞进猪小肠里，然后挂在灶上的架盘上，让煮饭的柴火或御寒的疙蔸火尽情地熏。这样的香肠吃起来味道还挺不错的。随着生活水平的提高，现在做香肠可要讲究多了：选肉时要选精瘦的腿肉或夹缝肉，还要带上点肥的好使香肠长时间保持油性；切肉时要切成几寸的长条状，不宜切碎，这样不但灌起来快捷，又使做好的香肠切得成片状好装盘；肉切好后要加适量的盐、椒面、白酒、白糖、味精等佐料，拌匀后，才能灌进肠里；选肠也有讲究，要选韧性好不易破裂的小肠，不要太粗，也不要太细，太粗太细做好后一是不好看，二是待客时怕人笑话。香肠做好后，要找一个封闭性好的铁桶将香肠挂在里面，用带芳香味的柏枝、花生壳、葵花壳、柑橘壳等东西燃起烟来浓浓地熏，一般要熏上一天时间。这样做的香肠，看起来黑里透红，泛着馋人的油光和扑鼻的香味，当然吃起来那麻酥酥、香津津的味道就更不用说了。

　　我爱做香肠，也相信香肠会越做越好，因为我们的日子不正是一天更比一天好吗！

1998 年 1 月

难忘清明粑

　　清明节快到了，菜场上买卖清明粑的情景，勾起了我对往事的一段
我们家有在清明节吃清明粑的习惯，不管生活怎样艰苦，到清明期间，
母亲总要想方设法做些清明粑给我们吃。使我最难忘的是 1982 年的春
天，清明草刚长出来时，母亲就要给我们几姊妹做清明粑，并亲手教给
我怎样做清明粑的那一次。到现在整整十六年了，仍历历在目。

　　那年，母亲在正月里就生了病。她到城里的一家大医院查病回来，
正是清明时节，母亲顾不得休息，就急着要给我们做清明粑。我们几姊
妹劝她说："妈妈，等您病好后再说吧。"她说现在政策好，土地实行承
包，粮食够吃了，糯谷也有，我不但要给你们做清明粑，还要教会你们
自己做，把它做得特别好吃，让你们吃个够。母亲坚持着要做，弟妹们
当然拍手高兴。"要吃最好的清明粑了！"小弟高兴得还在地上翻了几
个跟斗。

　　说干就干，母亲叫我和三妹打来糯米，簸好筛尽，又叫三妹上街买
斤白糖回来，叫小弟、小妹摘来清明草，准备着开始做了。以往做清明

粑，母亲连忙都不让我们帮，这次却不同了，是特意要我亲手做。她先告诉我做粑的整个过程，讲得特别细致，一个细节都不放过，讲完后教我开始做起来。先把糯米倒在大木盆里，把烧好的温热水舀进米盆里泡起来，在等泡米的几个小时中，就做准备工作：拿一碗豆子炒熟后冷一会儿，放上适量的盐，用小石磨推成豆面；然后又磨一点米面放着拧粑时用；这些做好后，再来检查清明草里有杂草没有，把它洗净，用清水淘上几次，干净后切细。米泡得差不多了，就滤起来，拌上切细的清明草，上到甑子里蒸。蒸上一小时后，洒上适量的开水，再蒸一会儿。然后把蒸熟的清明饭倒在打粑的碓窝里，找来粑棒打起来。打粑也是有讲究的，母亲教我用棒顺着碓窝壁一下下地慢慢打——这样打粑不但粘得快，人也少费力气。很快清明粑打好了，用一根麻线在粑棒上一套，粑棒便光溜溜地滑出来了，然后用事先准备好的米面撒在簸箕里，再把碓窝里的清明粑拧成一个个，光光的、圆圆的摊在米面上，看起来青白相间，挺馋人。弟妹们这时也馋得难耐了，但做粑的工序还没有完，是不能吃的。拧完后，把清明粑捡到灶上的干锅里，待灶上的炭火慢慢将粑炕得胀胀的，再将豆面放上白糖端到桌上，全家人才围上桌子开始吃那香喷喷、软酥酥的清明粑。那粑既有稻米的醇厚，又有野草的馥郁，还有佐料的甘爽，真令人一辈子也难以忘怀。

看着我们几姊妹吃清明粑那种狼吞虎咽的劲头，母亲流泪了。我们奇怪地问她为什么，她说："看着你们吃得这样有滋有味，我真是太高兴了。"当时我也没有多去想什么。

清明过后，母亲的病一天天加重了，后来就倒了床，这时我才知道她是患了绝症，才想到前些天她坚持要做清明粑，并亲手教会我做清明粑是多么的用心良苦啊。母亲看着我们吃清明粑时流泪的那一刻，心里是在滴血啊！没多久，母亲就丢下我们与世长辞了。

从此，我跟清明粑就有了特殊情感，每当看到清明粑，就会想起母亲那慈善可亲的音容笑貌来。

1998 年 3 月

打火米糍粑

朋友小彭约我去旺草乡下她亲戚家打糍粑吃，让我想起一句"打火米糍粑"的俗语，意思是某事是急着赶出来的。这句俗语产生于缺吃少穿的年代。

那时，我家住在茅垭镇德水村的高山上，一家人一年最多能打上两次糍粑：新米出来时打上一次新米糍粑；还有一次就是年前把糍粑打好切成块，等到年后有客人来拜年时拿出来煮甜酒糍粑招待客人。

一年当中孩子最盼望最等不及的是那次打新米糍粑。当田里的糯谷秧苗怀泡时，孩子们就会告诉妈妈糯谷怀泡了，当糯谷抽穗扬花弯腰时，孩子们就会在田边大声喊着："妈妈，爸爸，糯谷弯腰了！"爸爸妈妈自然明白，答应着："快了，快了。"当孩子们看到弯腰的糯谷穗上的颗粒成熟大半的时候，就实在等不及了，便拉着妈妈到田边看看现场，妈妈总是说再过几天就给打火米糍粑。一听"糍粑"两字，孩子们便再也控制不住想吃糍粑的念头，大小兄妹一齐上阵，乱叫着："不嘛，不嘛，今天就要吃糍粑！"妈妈总是为难得一会儿看看未完全成熟的谷穗，一会儿看看孩子们，一会儿再看看谷穗，最后妈妈为了不让孩子们失望，狠狠心，拿来镰刀背篓开始割些糯谷稻穗背回家。

妈妈把稻穗背回家后放进大簸箕里，让孩子们砸的砸搓的搓，七手八脚弄下糯谷颗粒后，烧上柴火，一次一升地放在大铁锅里慢慢炒干。一升糯谷就得炒上一小时左右，但得炒三四升糯谷才够吃哩。糯谷炒干后再放进碓里舂，舂米是很慢的，一碓谷子得一脚一脚踩上碓梢板舂。舂米是力气活，气力小的得两人一起干，一碓谷子得舂上两小时才能把壳退去。舂好后，还要用风簸簸掉糠壳，再用米筛筛出没舂干净的谷子，这才能得到纯的糯米，这种糯米就称为火米。

得到火米后，还要烧锅热水把火米泡上两小时，再用甑子把泡过的火米蒸熟成为糯米饭，糯米饭倒进碓窝或缸钵里，再用糍粑棒把饭打细，粘成软软柔柔的一坨，火米糍粑才算打好，并散发出火米糍粑特有的香味。整个过程差不多要十个小时。这时，孩子们早已经"忍无可忍"，各自用五爪抓起一小坨塞进嘴巴里咀嚼着，享受着火米糍粑的特有香味。妈妈继续拧着火米糍粑，把它拧成小个小个的放到事先撒上米面的簸箕里，完整的火米糍粑才算做成了。

那时吃糍粑挺讲究的，妈妈看看簸箕里收好阴的糍粑，又会捡到柴火锅里烤起来，烤烤翻翻，翻翻烤烤，待每个糍粑都烤得胀胀的，才一人一个蘸上豆面吃起来。一家人吃着，笑着，享受着，幸福着。我想，"打火米糍粑"这句俗语真是充满了浓郁的乡土味啊！

2017 年

吊颈汤圆

岁末需要置办的年货很多，我今天想说说关于我家做"吊颈汤圆"来过年的经历。

母亲在世时，每年收获了新的糯谷，她都要计划留下一部分，专门用来过年做吊颈汤圆用。冬至一过，母亲就把糯谷背去十里以外的打米房打成糯米背回来，筛簸干净放着。到了冬月底或腊月初，母亲就用大木盆把准备好的糯米淘洗干净，再用挑回来的井水浸泡，而且每隔一天换一次井水，要浸泡一个月左右。母亲说，糯米泡得久，磨出来的吊颈汤圆煮熟后才柔软，有韧性，不浑汤，煮过吊颈汤圆的汤跟清水无异，这种吊颈汤圆吃起来口感清爽软糯，也不粘牙。

每年到了腊月二十八九或三十这天早晨，我们就要用石磨把浸泡的糯米磨成浆。从我记事起，每年用石磨磨浸泡好的糯米时，都是我添磨，另两人推。大人们说我添得均匀，所以每年年前我还要被邻居家请去添磨哩。母亲把浸泡过的糯米用清水透上三次后滤起来，然后才分批放进水桶加些清水，让我一小盆一小盆端去添到磨眼里推。添磨也要技术，磨子每转两圈就往磨眼里添一次糯米和水的混合，每次添一小木瓢适量的水和米，米在三十粒左右，水要适量，多了推出来的米浆太稀，吊的时候用时长，很难弄干水分，水少了磨子推起来转动困难，所以添磨时要掌握好水与米的均衡。如果右手执小木瓢，从右向左舀，会不多就少，难以均衡；只有将小木瓢从左向右轻轻把水撇开一些，让米随水漂来"补充"时恰好装进小木瓢里，米与米的比例才能较为均衡。糯米磨完后，把米浆舀进白布口袋拴上套紧，吊到自家空楼枨或专制的木棒上，口袋下面放一个接水的木桶。就这样吊着，如果没来得及，是除夕早上才磨的话，到了除夕夜得把吊着的粑口袋取下担在桶梁上滴水，会快一些滴干，要不初一一大早煮汤圆时还是米浆。

初一这天，母亲总会早早起床，把"抢"来的"金银水"倒进大铁锅里烧着，弄出白布口袋里吊干水分的糯米粑，加上点开水揉匀，分成许多小坨，包进汤圆心子，一个个捏紧摊在筛子里。待全家起床洗漱后，大家一齐动手把母亲捏好的吊颈汤圆一个个搓得圆圆的，放进烧得沸沸扬扬的锅里煮。这时，等不及的弟弟妹妹会拿个小瓢往锅里舀，母亲总是阻止说要等下锅的汤圆浮出水面后还得煮上十分钟，待汤圆完全煮过心，吃起来才爽口、香甜、绵绵软软。一家人吃着这软软糯糯甜甜的吊颈汤圆，直到吃得只剩下一锅清澈见底的开水为止。这顿汤圆吃过，母亲会把吃剩下的吊颈粑分细烤干成粉，待有客人来时，给他们各做上一碗这种风味独特的甜酒吊颈汤圆，让客人大饱口福。客人们吃后总会说我家的吊颈汤圆十分特别，太好吃了。

吊颈汤圆是我们这里的地方特色美食之一。有一次，在县里举办的特优小吃展示活动中，有个人做了吊颈汤圆来展示，由于吃的人太多，很拥挤，我带着孙女去等了大半天都没能吃上。

2022 年 1 月 20 日

绥阳县城有个喝茶聊天的好地方，那就是南门桥南岸树荫下的露天茶肆。

盛夏时节，晚饭后七点至九点，累了一天的人们，只要有喝茶习惯的朋友，都会三三两两聚集在那里，占一张茶桌，花十元钱泡一杯自己喜欢的茶，要一碟瓜子，品着，嗑着，享受着自然风的吹拂，聊着身边事，聊着国际国内新闻，聊着飞鸟与海洋……悠闲而轻松。如果人多一点，就花五十元叫茶博士泡一壶茶，十个八个围桌坐一大圈，你一杯我一盏，喝着，嗑着，聊着，笑着，常常会忘了时间，至深夜子时仍不舍离去。

我们的忘年交朋友马老先生，是这个露天茶肆的茶仙。我们是在他耳顺之年认识他的，也是他把我们带到了这个露天茶肆里来。我们伴着马老先生在这里喝着茶送走了二十多个蒲月、荷月、申月、酉月……喝着喝着，马老先生迈进了耄耋之年，我们也跨过了花甲之年的门槛。在跟马老先生品茗的过程中，我和我先生从他身上学会了好多与人沟通的方法和求人办事的技巧，可以说我们在这个露天茶肆里读了无数本无字的书，获益匪浅，受用不尽。也可以这样说：我们共同成为这幅风景图画中的精彩一角。

　　环境不同，喝茶的感受是不一样的。记得在我童年时，有个星期天走几十里山路跟着父亲去赶乡场，在集市卖完东西买上需要的东西后，便跟着父亲进茶馆喝茶。茶馆是一间很旧的木瓦房，房屋里安着几张老旧的八仙桌，黑不溜秋的，桌边摆放着四根高板凳。我们进去的时候很热闹，都是喝茶的人，茶老板赶忙招呼父亲和我坐到空位上，火速端上一副茶碗。父亲付给老板两角钱，示意他再泡一碗茶给我。老板看了我一眼，可能心里想女孩子家来茶馆喝什么茶哟，但还是端过一碗热腾腾的茶水放在我的座位上。我感觉很稀奇，摸摸茶碟，还轻轻端开盛茶水的碗看看放茶碗的碟窝，看得不明不白，又重新放回茶碗，然后模仿起父亲的动作，一手端茶碟托着茶碗，一手揭下茶碗盖，并用盖顺着碗把飘浮的茶叶撇两下又盖上，然后放下茶碟，但不把茶碗盖死，而是留下一处缝隙让茶碗冒出热气。我猜想，这种盖法大概是让碗里的茶凉得快些能早一点喝上吧。父亲告诉我说这叫盖碗茶，要待碗里的茶叶都沉入碗底，才可以喝。当我喝下第一口茶时，觉得有点苦，还有一种感觉是茶快入口的那一瞬间，好像有一股淡淡的香气进入鼻孔。这是我第一次进茶馆喝茶，喝了多长时间我不知道，只记得一共喝了四碗茶。走在回家的路上像吃过兴奋剂一样兴高采烈，爽得不行。要是有画家能把我跟父亲在茶馆里喝茶的情景画出来，或许会是一幅名画哩。

　　父亲一生阅历丰富，见解高深，在那个交通落后，没有手机、电话的偏远山区，实属难得，这或许与他常进茶寮、酒肆，与形形色色的人们谈天说地是分不开的。

　　那时在茶馆里喝的都是当地产的土茶，土生土长的茶叶，以纯手工制成，完全土味，但尤其味土，更增乡愁，所以至今半个世纪过去了，我尚记忆犹新。

后来我又跟着父亲去过好几次茶馆，可能是我小时候有过跟父亲进茶馆喝茶的经历吧，长大后也养成了喜欢喝茶的习惯，至今一如既往。

跟马老先生喝茶二十余年，除在露天茶肆喝茶外，也去过一些高档茶馆喝过茶，算是品茶无数了，但与跟父亲赶场进茶馆喝盖碗土茶的情景是完全不一样的。两种喝茶情景，是两幅不同的图画，我是这两幅画中相同的角色，只是一幅画中的我是一个小学生，另一幅画中的我却已晋升到姥姥级了。

2023 年 6 月 15 日

1949 年 10 月 1 日，毛主席站在天安门城楼上向全世界庄严宣告：中华人民共和国成立了。我们这一代人生在新中国，长在红旗下，天安门是我们心中最神圣的地方，从小就想着有一天能去北京看看天安门。

今年机会来了，我三妹女儿的婚期定在 7 月 25 日，婚礼在河北邯郸男方家举行。我们姊妹兄弟六人相邀，决定到邯郸参加完婚礼就去北京看天安门。特别是我大姐，年近古稀，又有类风湿、冠心病等多种疾病，出趟远门不容易，趁此机会去北京看看，在天安门打个卡，留个影，是她一生的愿望。

约定好后，大姐 7 月 19 日就从她家出发到了我家，然后与我一起于 20 日到了遵义，姊妹兄弟六人又一同于 21 日坐上了开往邯郸的列车。在邯郸玩了几天，25 日参加完婚礼后，到了山西阳泉，在盂县、平定、平遥古城一路游览，于 29 日清晨抵达了北京丰台。出站后，很快找到了小妹在网上预订的一家民宿，各自放好行李，简单梳洗罢，便在手机上看北京的天气预报：最高气温 30℃，最低气温 24℃，夜间有大雨，局地有暴雨伴雷电。好在白天无雨，气温也不很高，大家一致决定抢在雨前先游八达岭长城。

当晚，雷电、狂风、暴雨一直肆虐着，天亮后，依然大雨滂沱，出不了门。天气预报显示：北京 7 月 30 日至 31 日，气温 24℃ -26℃，全市大到暴雨，局地特大暴雨。因天气恶劣，北京的所有景点也都关闭了。本来按计划和预约门票的情况，我们将于 30 日游北京胡同，逛王府井大街，品尝北京烤鸭；31 日游天安门；8 月 1 日游故宫；8 月 2 日坐火车返回遵义。但计划比不上变化，因 30 日全天大雨、暴雨不断，出不得门，所以只能整天待在民宿旅馆回复或接听来自家人、朋友的问候和关怀。

7 月 31 日，大家很早就起了床，才 5 点左右就已各自梳洗停当，想等着早点出门。看起来雨下得小了很多，我们打着雨伞去小区外吃过早餐，再去超市买了雨衣和凉拖鞋，决定坐公交车到长安大街天安门外下车，然后步行经过天安门前的长安大街路段，虽然目睹不了升国旗的壮观景象，但可以敬瞻天安门城楼和人民英雄纪念碑。大姐说只要亲眼见到了天安门，她就不枉此行，此生足矣。我们到了长安大街下了公交车，跟着手机导航朝着天安门广场方向走着，只见来来去去的人或穿着雨衣，或打着雨伞，高高低低，相互交错，像一条彩龙。走着走着，人们便停脚止步了，原来在离天安门广场还有一公里的人行道上设有关卡，有警察值守，不让行人通过。我们不甘心就这样放弃，又四处打听有没有其他通往天安门的路，还真有位当地老人告知我们，不远处有一条胡同可以通往天安门。在他的指示下，我们找到了那条胡同，谁知那里照样设了卡不许通行。我们又返回长安大街观察，发现公交车、出租车、共享自行车都能通过，就行人不能通过。有好心人告诉我们，包一辆出租车 400 元，过天安门前时稍开慢点，可一睹天安门的雄伟。我心想，10 分钟的车程花 400 元钱，也太贵了点，可要是骑共享自行车，大姐又不会，再说想骑共享自行车看天安门的人也太多，很难抢到手。于是我们决定在一处站台坐等能通过天安门的 1 路公交车。上公交车后，我跟大姐坐到靠左后的座位，目不转睛地盯向玻璃窗外搜寻着天安门。不多一会儿，公交车上的好多人不约而同地喊出了"天安门"几个字，我赶忙把脸转过 90 度，拉起座位上的大姐看向右边，并用手机拍下了整座天安门城楼，这个过程只有 1 分钟左右。因为见到了期盼已久的天安门，公交车上的人大都兴奋极了。我们非常感激开公交车的师傅，特殊日子里，车过天安门时他开得很慢。公交车经过天安门停站后，我们下了车，再次坐上通过天安门前的公交车返回来，这次有了经验，上车就站到公交车右面的玻璃窗边，待车通过天安门前时，看着天安门更入眼入心。就这样，我们一家子反反复复 6 次通过天安门，6 次瞻望天安门。

8 月 1 日，依然全天下雨，气温 25℃ -30℃，我们一行打着雨伞行走于故宫、长春园、中山公园、清华大学、圆明园、颐和园、大栅栏、全聚德等地，但因各处都关闭着，我们只能在门外打卡留影，仅在"北京景泰蓝"得到了一次入内参观的机会。晚上 9 点，我们再次坐上通过天安门的公交车，敬瞻了灯火辉煌的天安门。回到住处，小妹打开手机一看，原定 2 日自北京返回贵州的那趟列车因灾情被取消了，我们只得改订了另一趟到重庆的列车。

8 月 3 日，我们一行平安到家。回家上网一查，才知 7 月 29 日晚上至 8 月 2 日 7 时，北京的极端强降雨，是有记载以来 140 年间雨量最大的一次降雨，抗洪救灾的战斗正在北京一幕又一幕地上演。好在我们还是满足心愿：敬瞻了我们祖国首都的心脏——天安门。

2023 年 12 月 15 日